收藏物语

[日] 柳宗悦 著
欧凌 译

重庆出版集团 重庆出版社

图书在版编目(CIP)数据

收藏物语 / (日) 柳宗悦著;欧凌译.
—重庆:重庆出版社,2019.1
ISBN 978-7-229-13074-9

Ⅰ.①收… Ⅱ.①柳… ②欧… Ⅲ.①随笔-作品集-日本-现代
Ⅳ.①I313.65

中国版本图书馆CIP数据核字(2018)第043768号

收藏物语
SHOUCANG WUYU

[日]柳宗悦 著 欧凌 译

责任编辑:邹 禾 魏 雯 许 宁
装帧设计:不绿不蓝
责任校对:朱彦谚

重庆出版集团 出版
重庆出版社

重庆市南岸区南滨路162号1幢 邮政编码:400061 http://www.cqph.com
重庆出版社艺术设计有限公司 制版
重庆豪森印务有限公司 印刷
重庆出版集团图书发行有限责任公司 发行
E-mail:fxchu@cqph.com 邮购电话:023-61520646
全国新华书店经销

开本:890mm×1230mm 1/32 印张:8.75 插页:8 字数:136千
2019年1月第1版 2023年3月第2次印刷
ISBN:978-7-229-13074-9
定价:56.80元

如有印装问题,请向本集团图书发行有限公司调换:023-61520678

版权所有 侵权必究

目录 / Contents

- *001* 瓷盒物语
- *009* 鬼之行水
- *017* 信乐茶壶
- *023* 宋拓梁武事佛碑
- *031* 赤绘钵
- *041* 曾我屏风
- *049* 汤釜
- *055* 行者墨迹
- *065* 丹波瓷
- *081* 京都早市
- *091* 那霸古衣市
- *105* 有关收藏
- *147* 收藏之辩
- *161* 穷人的收藏
- *171* 民艺馆的收藏
- *199* 工艺性绘画
- *219* 织与染
- *235* 色纸和赞
- *259* 译后记
- *265* 柳宗悦年谱

瓷盒物语

收藏时常会遭遇奇妙的因缘。尤其是这只小瓷盒，对我来说简直是不可思议的奇缘。

已经是近四十年前[①]的事情了。那时我渡海去了朝鲜，有天在汉城的一家道具屋发现了它。（如今想起当初之事，实有隔世之感。当时喜爱朝鲜之物者，实在少之又少。）这是一只小巧的朱砂青花瓷盒。含有朱砂的朝鲜瓷盒类原本就极为少见，更何况这只的朱砂并非纹样而是文字。只能说是特例了。而且那"福"字并非手写，很明显是盖的朱砂印，这也是一般绝难见到的手法。于是我当即下了订单，并让店家帮忙保管到我离开朝鲜的那一日。当时，珍品到手的欣喜自是难以言表。

在朝鲜的日子极为繁忙。十余天后，即将返程回国之际，我去道具屋付钱取货。然而，店内却没了小瓷盒的身

[①]本文作于1955年，上溯约1915年前后。

瓷盒物语／

影。据称是有店员弄错了，已经将其卖与他人。我追问买者是谁，却只得到不甚清楚的答复。想追查其下落的念头，最终也因毫无线索而作罢。我对这家店的缺乏诚意很是恼火，然而一切都追悔莫及，回天乏术。更何况是那样一件难得的珍品，让人好生怀念。于是其身姿竟更为鲜明地留在了记忆里。

其后两年。我再次到访汉城，有幸与当时的朝鲜物品收藏家富田仪作老先生熟识。老先生是镇南浦的实业家，是位棱角分明极有个性之人。他的行迹怕是要足足写满一本书。

有天我受邀到访府上，老先生要给我看一些他收藏的陶瓷品。当时他在汉城也有寓所，拿出好些各种各样的藏品来。可忽地，那只难忘的小瓷盒竟也悄然现身了。原来是到了老先生这里！

对店家来说其实也无可厚非，与其卖给我这样的穷人，不如卖与老先生这样的富豪，所赚定然多多。店家总在找寻最佳的买者，老先生这样的自然是更为重要的座上客，牺牲一下我的订单也在情理之中。

那时我很想马上把此事始末告知老先生，若是说了，老先生定会好心转让与我的吧。老先生的品性中自有这样恬淡的一面。然而我却踌躇未语。因为我见到老先生也对这小瓷盒格外钟爱。无论是谁，若是通晓朝鲜物什者，大抵都会对此心生喜爱的。更何况老先生还告诉我，他不久将把这些收藏品公开展出。这两点让我保持了沉默。

老先生言出必行，此后不久便在朝鲜银行后面的大建筑里开了一间展厅，这只朱砂青花瓷盒也成了展品之一。其实，我与浅川巧两人也曾与老先生相商，希望把三方的收藏品集中起来，建一个"朝鲜民族美术馆"。一时间进展很是顺利，眼见就快要达成所愿了，但最终还是受困于经济原因不得不作罢。如今想来仍是唏嘘不已。

那天在老先生所拿出的各式各样的藏品中，还有一只桃型的瓷砚滴，也是美丽异常。是至今所见的品种里最为小巧的一种，身形较为瘦长，且线条饱满，姿容极是端丽。顶端涂有钴蓝釉，色泽浓厚，与白亮的底色交相辉映，煞是美艳。就朝鲜的小型瓷器来说，算得上极优之品，让人一见倾心。我想要即刻拥有一只瓷砚滴的心情从未如此强烈过。这与那只瓷盒子，简直堪称美瓷双璧。

由是，此次访问中我不仅再次无意中邂逅了朱砂青花瓷盒，还一饱眼福见到了美丽异常的瓷砚滴。这一对美瓷双璧的身姿，此后便一直刻在了心里，从不曾消失过。

瓷盒物语／

数年后，老先生过世，那些珍贵的藏品也随即四散开来。我当时住在千叶县的我孙子一地，详细情况全无从知晓。那只瓷盒与瓷砚滴究竟去了哪里，恐怕此后是绝难再有机会见到了。只是我会偶尔想起，心忧一番它们的命运。感叹若是在我身边，定会加倍地珍爱。

其后漫长的十年、十五年光阴缓缓流逝。昭和五年（1930），我住在美国的剑桥，因受哈佛大学福格美术馆邀请，前往讲学一年。波士顿就在旁边，是我常去之处。事先已听说山中商会在此开了一家店，于是便择日到访。那是一家有浓郁日本气息的店铺。店内日式物件最多，其次是中国的，另外还有少许朝鲜的。据店员介绍，地下室还有一些，于是我便跟着下了楼去。

室内光线暗淡，好些物件杂然搁置着。在数个尘埃已厚的箱子里装着一些小玩意儿，凭直觉，大概是朝鲜之物，于是便一件一件拿来细看。实在只能称之为奇遇，我竟在某个箱子内，发现那只朱砂青花瓷盒与桃型瓷砚滴正和睦地挨在一起。激动之余，我不由得将其握在掌中，抱于胸前。

直到付过钱，手中攥着小包，我都不敢相信这竟是真的。曾经心心念念的两件物什，谁想竟会在十几年后遥远的美国再度相会,而且还会为我所有!莫非是前世因缘撮合?此后,在我剑桥寓所的桌上便多了一对小朋友,整日里与我笑颜相对。我数度把玩,简直爱不释手。

至于它们为何会跋山涉水,来到万里之外的异乡,我也是事后才听闻的。山中一家是富田氏的亲族,在富田仪作老先生过世后,山中商会接管了大多数遗物。其中一部分被送往美国,那一对美瓷也恰巧混入了其中的一口箱子。而那口箱子又恰好被分到了波士顿的支店。而且朝鲜的东西评价并不甚高,在美国就算是这种瓷盒砚滴也不可能马上转手就卖得掉,所以便只能在那昏暗的地下室里吃着尘埃耗着光阴,一年又一年。

然而这命运之轮竟让我们再度重逢了,在这昏暗的地下室里!从见其第一眼起,直至拥有它们,实际上已过了十五年之久。想到此节就更觉不可思议了。这样两件小物什,在超过地球一半的广袤空间中,在相隔十几年的悠长岁月里,竟让偶然渡美、到访波士顿的我,经由店员的介绍,再不经意打开箱盖,终至与其重逢。这之间到底是怎样一种缘!

我们终究是再度走到了一起,从此以后它们便再也不会从这个世界消失了。它们已成为民艺馆中的一员,谁都

瓷盒物语／

可以随时见到它们惹人怜爱的身影。而且,这只瓷盒的原色照片已经登上了《工艺》杂志第一百一十一号,钴蓝釉瓷砚滴也成为这本杂志第八十五号卷首插图之一。

我收藏了很多东西,但这样因缘奇异之物是少之又少。而且这番奇遇也并非谁都能有幸遇见。我决定将此事一五一十原原本本记录下来,因为这实在是我的收藏物语中极为奇妙的一例。

追记。

在此顺便简短说说我在美国所得的几件宝贝,记得大约有十多件东洋之物。其中六七件放在了大阪的"三国庄",均为陶瓷的茶碗类,高丽茶碗①或者判司茶碗②较多。

此外,朝鲜的菊纹朱砂大壶、北九州的松绘水瓮两件让给了哈佛大学的福格美术馆。于是留在手头的只剩了四件,除了上文的那两只瓷器外,还有一只日本铁壶、一只朝鲜的大砚。如今都在民艺馆内展出,随时可见。

铁壶在《工艺》第三号、第十五号上都有插图。日本

---

①高丽茶碗:朝鲜半岛所烧制的茶碗总称。
②判司茶碗:属高丽茶碗的一种。瓷质薄、硬,有半透明的白釉,通身有青辉。

出产了很多铁壶,可不知为何值得一看的却很少。好的多为地方所产,而名声很响的诸如南部铁壶之流,只徒然的笨拙,装饰上越来越无趣,形状更是难以恭维。

我长时间都在谋求铁壶,却不经意在纽约得到一只。虽被朋友嘲笑连铁壶都要跑到美洲去买,但确实是一个极为幸运的发现。带回来后,因所求者众,于是就在京都的龙文堂复制了二十个一模一样的分发给各位知友。后来在盛冈的光原社也复制过。这铁壶形状简素,没有任何累赘之处,所用至今也不曾厌烦过。

另一只是朝鲜的大砚,也是在波士顿的山中商会发现的。形体雄大,上部纹样有汉代的气息,如今是我所爱的海东砚(朝鲜砚)之一。其照片也作为插图登上了《工艺》第二十三号。

现在喜砚之人多倾心于中国砚,对朝鲜的从不眷顾,大约是觉得粗笨吧。但若从形态上看,海东砚极有古风,且不失雅趣,我认为很值得一爱。朝鲜的石器类是极好的,大都能与其陶瓷类比肩。民艺馆所幸能收藏到石砚等丰富的石器类藏品,这在其他美术馆是极少见的。

鬼之行水①

---

① 一种沐浴方式,特指用桶或盆盛水沐浴。

这是大正十五年（1926）左右的事。当时在大津市的商品展厅里有一次大津绘①的展会，我记得也送去了近十幅画作。这次展会上所收集的大津画作的数量是史上最多的。

其中不乏各色名作，特别是渡边霞亭氏所藏《鬼之行水》，让人无法忘却。上段画的是云，云身上裹了一件虎皮兜裆布，其下是一只裸身的赤鬼，以一脚踩进澡桶的姿势站立着。若是中期的一枚版，倒还并不珍奇，时有所见。可这种初期的长版，仅此一幅，别无所见。

正所谓物以稀为贵，更何况其画技精湛、色调鲜明，线条的运筹也出类拔萃，而且保存完好，是名副其实的绝佳品。我恳请对其照了张相，心中很是恋恋不舍。但这毕

---

①大津绘：是滋贺县大津市所产的民俗画，从江户时代初期便很知名。多以神佛、人物、动物为主题，画风幽默。

竟是他人的藏品，难以用钱买到。

两年之后的某一天，我在报纸上看到了霞亭老先生的讣告。我对老先生所知不多，却也知道确实是位风雅的人物。他的收藏品中，除了大津绘，还有很多极有趣的物什。讣告之后没过几个月，报纸上便登出了其收藏品将在大阪出售的消息。而那幅令人难忘的《鬼之行水》也必定会在其中。所以我问明了时间地点，便从当时京都的居所出发前往会场。果然，在各色各样的画轴之中，出现了那一幅的身影。我终于抓住了投标的机会，怎么都想把画拿到手。对大津绘我本就十分喜欢，还想着什么时候为这些民俗画写上一章，若与这种逸品失之交臂就太遗憾了。

然而世间对大津绘的评价，年年水涨船高。就算在当时，初期版也并不便宜。对这样手头并不宽裕的我来说，是热情战胜了一切。我大胆地决定投标，上限300日元[1]，钱无论如何都可以想办法凑齐。就当时物价水平来说，大抵是无人肯为一幅大津绘付如此高价，我认为是志在必得。但投了标毕竟还不能完全放宽心，我只能在京都等候来自大阪的消息。

---

[1] 日元：据日本银行物价指数换算，1926年左右的1日元相当于现在的574日元。

那时其实还有其他三四种想投标购买的，但最终还是决定全力押在《鬼之行水》这一幅上，其他就只试了试另一幅《塔》，因为这一幅或许比较容易入手。

然而也不知究竟为何，数日之后仍然全无消息。我很是担心，终于沉不住气了，于是写了一封信去催问。难道是我投标失败？那么些钱竟都不够？之后十日左右，寄来了一包挂号邮件，其形状大小明显是大津绘，只是包裹仅有一个。欣喜与不安夹杂着，打开时心里惴惴的，只希望是《鬼之行水》就好。

但最后终究是让我失望了，是《塔》的那幅。这自然也是珍品，我应当高兴才对，可无奈有一股深切的遗憾怎么都挥之不去。惨败！我投标经验甚少，所以这失败的滋味更是苦涩。后来我才得知，我的竞争者是大津绘的收藏名家山村耕花氏。

在山村氏的收藏里，这《鬼之行水》也是别具一格的。数年后我曾得到先生允诺，在民艺馆将其展出，而且还将其收录在了著述《初期大津绘》里。对这一幅我就是如此的中意。

光阴荏苒，昭和十五年（1940）山村氏突然离世，还完全不到该走的年纪。正如大家所熟知，他是画家也是收藏家，所藏品涉及方方面面极为丰富。我曾两度前往品川拜访，一次是为了漆器，一次是为了红型①染，希望能在民艺馆展出。山村氏也曾两三次光临鄙舍。在他逝世后，大概是家庭原因吧，他的藏品遭遇了被拍卖的命运。想到他这一生所耗费的热情与努力，一朝便化为虚无，实在甚为痛心。他的美术俱乐部里那一间间大敞房，都曾让人感觉促狭，可见藏品之丰富。这次拍卖自然也有好多大津绘，引人瞩目的还是要属《鬼之行水》、《五人男》与其他一两幅。曾经失之交臂的机会再度来临。如今已是十五年之后了。

但这次是有名的收藏品拍卖，竞争者只会更多，比上次还要棘手。所以其预期价格大抵是我所承受不起的，远超迄今为止的报价。我陷入了沉思中，好不容易等到这样一个机会，若是再度与之失之交臂，今后怕是再也无缘了，到底要怎样才能拥有？

如果我自己力量不够，那就只能借助于他人之力了。于是我与浜田商量了一下，决意请求大原老先生出资将其买入，今后再转托给民艺馆，或者寄赠民艺馆。极为幸运

---

①红型：冲绳具有代表性的传统染色技法之一。"红"指各种颜色，"型"指各纹样。

的是，此事得到了大原老先生允诺。我自是感激不尽。

不过竞争者相当多，要赢绝非易事。世间已经对大津绘评价甚高了。投标价格已经飙升到了千元之上。即便如此还是没有任何绝对的把握。我再次惴惴不安地等待开标之日。

这次幸好命运之神站在了我们这一边，终于战胜了其他投标者。除了《鬼之行水》这幅外，另外投标的两幅也顺利到手，包括《五人男》、《鬼弹三味线》。就这样，在心底里念叨了好多年的珍品终于跟我有缘一线牵了。

昭和十七年（1942）正月，大原孙三郎老先生长眠于故乡仓敷。老先生是我们民艺馆的大恩人，他也是一位收藏家，正如世间所知，其中多数均是国宝级藏品。其后不久，嗣子总一郎先生爽快应承下来，把三幅大津绘转赠给了民艺馆。这一路走来崎岖跌宕，让人实在难以忘怀。那时的欣喜至今还记忆犹新。我好好地将其装帧了一番，重新裱上，跟其他大津绘一起陈列一室。而后，为渡边霞亭、山村耕花、大原孙三郎三位祈祷了冥福。从第一眼见到《鬼之行水》，到如今已十有八年。

以上便是《鬼之行水》的故事。在我的收藏品里，大津绘耗费了我不少心血，大都是收藏的初期作品。中期也有一些让人不舍的，但较之初期却是远非所及了。

因年代久远，大津绘本来残存的就极少，就算收藏了所有在世之物，大约也不过一百幅或一百五十幅左右罢了。这些原本都是极为便宜的民俗画，所以世人并不爱惜，残存的便少了。有的仅知题材却无画，或者仅有一幅画却无人识得。更何况是初期作品，收藏就更为困难了，只能寄希望于偶然发现。

就我所见，初期的大津绘之美，足以得到更高的评价。同时代的浮世绘那般惹人注目，而大津绘却不受人待见，也是因为残存甚少，而且评价滞后的原因。所幸并未流往海外。波士顿美术馆里藏有多数极好的浮世绘，却找不到一幅初期的大津绘。

就大津绘的收藏来说，山村耕花与我的同学三浦直介两人所藏曾经最为优秀，可惜如今都四散开去了。最近米浪庄弌氏对此很是热心，就个人来看已算是第一了。而初期作品，现今应该是我所收藏的质量最为上乘，数量也算最多。我把收藏品全都赠与了民艺馆，此后还收藏过一些，增加了馆内品种。如今这些都显得弥足珍贵，大都是绝品，无疑会提高日本民俗画的声誉。

最近我也对此作了一些研究，在鄙人著述选集第十卷里写了一篇《大津绘》。

（另外，大概是因为这里所说的《鬼之行水》评价水涨船高，竟有一模一样的赝品出现。后来我曾在拍卖会上见其挂于墙上。）

信乐茶壶

现在大概所知者甚少，其实三十年前的江州是个物产丰富的地方。尤其是近江八幡，街市不大却到处都是道具屋。于是便成了我每次从北陆路旅行归来时的必访之地。街市离车站很远，并不方便，但那些道具屋形形色色，物什也多种多样，对我等魅力极大。

大正十四年（1925）秋，某日我在街市逛到傍晚，见天色已暗，打算再看完一家即刻回去。这最后一家店很小，光线也暗。在里面深处的棚上一隅，有个黑壶的身子稍稍露出了一寸左右，泛着辉芒映入眼帘。此棚高至房顶，物什杂七杂八堆簇着，几乎把壶遮了个严实。但我相信自己眼光，那是一件宝物。

我让店里的婆婆点亮一根蜡烛，费心把壶取了下来。于是一件极佳的名作便出现在眼前了。我随即问明价格，三日元。内心是雀跃的，我小心地捧好了这只宝贝。这是

信乐茶壶／

迄今为止从未见过的壶，也从来未曾听说还有其他类似的。最初我认为是产自丹波窑。

这只中型茶壶高一尺多，壶颈处泼了漆一样的黑釉。而这泼釉方法之精湛纯熟，与纹样之清新雅致，着实令人称奇。是直线与波浪相间，形色均十分清丽，整体相当完美。我从没见过这般精彩的泼釉壶。

那时我居住在京都，于是首先便与河井分享了这段喜悦。能即刻与友人共喜，对我来说是无上之幸。回程的火车到达京都已经很晚，但我还是捧着壶去了五条坂的河井居所。我自己倒是不记得了，后来听河井说，我当时是极为意气洋洋地破门而入。

那晚若是河井外出未归，我大概会觉得十分沮丧吧。河井的欣喜也跟我一样。我们望着茶壶，大赞其美，还说了一些工作上的事，一时间心满意足。得一件美品自是幸运之事，而由此还可增进友情推进工作，却是无上之幸。这只茶壶尤其让我们感恩，正如后来工作所示，河井、滨田都从这壶上汲取了大量的营养。

这是一只无铭的茶壶。没有合适的价格，也无人识得，但确实是让人肃然起敬的名器。若是在三四百年前，这只日式茶壶已为茶人所识，此刻必已爬上了响当当的宝物之座。如今辗转流落到我们这里，那就由我们来给它一个合适的新宝座。迄今为止的茶壶，可有超过这只的？

三四年之后，这只壶在民艺馆展出。当时历尽千辛收藏各种壶的山村耕花氏见到后，十分想要，于是同我们商议看能否转让于他。此外他还去各地的各个道具屋打探，问有否相同种类，很是情切。可奇怪的是，再也没能发现第二只同纹的茶壶。从泼釉技巧之纯熟来看，必定还有其他种类。

后来，在近畿地区发现了几只烧缔流釉之品，明显是同一系列。于是这才得知，这些壶全都是信乐窑的出品。就功用来说，都是茶壶，算当时的杂器。在年代上，据推测应是江户中期，并非特别古老。但这种手法，实在是中国少见朝鲜全无，可以说是成熟于日本的技艺。

泼釉技法大体上都是任其自然流淌，于是有时便会出现不尽如人意的钝感。而这一只却让人耳目一新，这种泼釉手法大约是我至今所见最妙不可言的了。

让人欣慰的是，对东西好坏的甄别只需瞬间即可。或者可以说越快越准。直观由心则可，只要做到心纯，这种鉴别力便无可厚非。就像这只壶一样，当时仅只见到了微小的一角，然而直觉却是错不了的。这其实也并无甚秘诀，只要做到心中空空如也就好。

从经常误判之人的角度去看，大抵都未曾做到心空。比如总是想用见识去甄别，总以为世间评判很重要，总喜欢以制作者之名为尺度，有时还会以时价高低去衡量。因此才会那样踌躇迷茫、难以取舍。其实只要拿在手里裸眼一看，任何附加条件都是多余，好坏可瞬间判断。直观由心的好处就是不会犹豫，所以也无须去留意制作者到底是谁这些事情。倘若还有错，那就是自己的见识对直觉有了妨害，我曾经也有过这种苦涩的经验。总之，看是最重要的。若是在看之前便有了见识的妨害，会让看这一过程罩上一层雾，于是就难以看清真正的美了。

昭和三十年（1955）追记。

这茶壶的照片最早在大正十五年（1926）民艺馆意趣书中登载，另外在昭和三十年（1955）发行的我的《工艺之道》插图中也有。茶壶本身也经常在民艺馆展出，时刻等待着到访的朋友。这无疑也是馆里重要的宝贝之一。

宋拓梁武事佛碑

记得应该是昭和二、三年（1927，1928）前后的事情，当时我还住在京都。有天造访河井宽次郎的府邸，他刚好有本拍卖品名录，就借我翻阅了一下。据说是高岛屋的川胜坚一氏带来给他的。在名录插图里，有一幅极好的卷轴，是拓的两个字"惩忿"。我们时常关注这种工艺性的文字，自然想亲眼目睹一番。于是就跟川胜氏取得联系，若是这卷轴还未寻得买主，我们想借机看看，同时还想商讨一下看能否购入。但毕竟是名品，说不定已经名家有主了，一时间让我们很是牵挂。

此后过了不多久，一个卷轴突然寄到了我在神乐丘的家。我心怀激动地打开，见果然是极其精妙，有着迄今为止从未见过的雄大浑厚之风。于是就更热切地希望拥有了。然而其价格却是预期的数倍以上，着实让我们很是灰心，到底是入手无望了。我并不知道拓本还有如此高价之物。这只能怪自己当时对拓本全无概念，并未曾做过研究。可拓本上的文字，书体之美又是那么令人着迷。之后两周，我得到允许将其挂于壁台。三间①大的壁台，已算是少见的宽大了，但这雄浑的书体一挂便显得局促起来。

然而最终还是不得不送还原处，虽然心里实在不舍。无钱的不方便感，前所未有的强烈。此后偶尔也会想起来，可终究是辜负了期待。

就这样岁月匆匆流逝，十年后，我搬家到了东京。可某天竟有一位信使，全然意外地到访。"已经是很久以前的事情了，有一幅拓本曾借给先生看过。其实，这次不得不转手他人，我们希望能找到一位好顾主，所以想来问问先生至今是否仍然有意于此。"并且还坦言告知，"另外还有一幅，将一同送来先生处，希望先生过目。而且这一幅曾备受主人钟爱，至今为止从未想过卖掉。"于是那段遥远的记忆很快在脑中复苏，是那卷想要却要不起的宋拓。我即刻回答，简直求之不得，有劳了。

拓本第二天便送了过来。收藏者是笹川洁氏，即笹川临风的胞弟。笹川特意写了一封有关拓本由来的书信，其后还亲切地接待了我。

---

①间：日本的长度单位，1间约等于1.818米。

拓本是装在布囊里的，上面所写明显是汉人的笔迹："梁武事佛落水碑宋拓本"。告知我们这是梁武帝事佛时的铭文，如今碑已落入水中不知所踪。而且，这拓本是宋代之物。

这卷轴是笹川氏在大正十年（1921）左右得到的。当时他在中国，是广东学者陈某转让他的。当时有四幅，"修业"、"窒欲"、"惩忿"、"进德"，每幅二字，前二者已经转手他人，后二者便是此次送来之物。

我心怀期待地打开包裹，性急地将其悬挂于壁台上。于是猛然间，便被其庄严肃穆所震惊。这次不仅有十年前那幅失而复得的"惩忿"，还有不曾预料的极为精湛的"进德"。我对六朝书体本就特别倾心，这拓本真可谓上天之赐。而且我们民艺馆至今还没有古拓本，正商量着是否该去寻点儿代表性的收藏品。这两幅大小、长宽，作为展品无疑是上上之选。再度与此卷重逢，实在是上天的撮合。这次无论如何也不再放弃了。

翌日，芹泽君、栋方君都来了。水谷先生也来了。无论谁都说要买，无论谁都被这浑然之美所打动，因这流动的气势而兴奋。然而，当得知价格后，我的美梦却又再次惨遭荼毒，终究仍是我所负担不起的，而且远在民艺馆的经济能力范围之外。虽然越看越喜欢，越看越眷恋，但无计可施，我只能再度断念，将其打包退还给笹川氏。心底里无奈地责备着自己："你竟然要退！"

难道就这么无缘，就这么再无任何希望了吗？执念让我再三地考虑筹钱事宜，可结果还是找不到任何出路。我犹犹豫豫无可奈何写下了一封回绝信，直率地告知对方，虽然极为中意极想购买，可现今却无论如何买不起。我忧郁至极。

第二天，笹川的朋友小堀氏作为信使专程来访，告知了我们笹川的意思："好东西自然是应当放在最想拥有的人那里。其实就算白送给先生我也愿意，所以价格请先生自行设定即可。"对笹川先生的好意我自是非常感激，但自行设定价格一事却让我踌躇难断。因为若是出价差得太远，那将是对先生极为失礼之事。

此事困惑我良久，但我也不想再度与之失之交臂，于是终于报了一个数，是我能筹到的最大限度的钱。对小堀氏来说，那也无疑是一个意外之数，他告知我"一定把话传到，之后笹川先生将电话回函"。我觉得做了一件相当失礼之事，心中很是歉然。

当天傍晚很快就来了电话。我忐忑地拾起话筒，却是出乎意料的爽快的答允。当时的我是多么心怀感激多么欣喜若狂啊。想到与拓本的这段奇缘，全靠笹川先生的成全，于是心底里充满了感念。我加急筹备好资金，第二天夜里去拜访了笹川氏，对先生再三言谢，同时还听先生讲了有关拓本更多的往事。

所以，这次与其说是购买的，不如说是先生宅心仁厚赠与的。先生说"写一张收据给你吧"，其实先生的好意才是最好的收据，我已收到。

民艺馆又多了一对宝物，实在值得庆贺。我即刻将此事写了书信寄给河井与浜田，寻到宝贝的第一件事便是跟他们二人分享。对我们而言，共同的欢愉才是至高的幸福。

我从未曾想过能得到宋拓，更何况是六朝书体。那是我从未见过的雄浑的书体，而且够大够出彩，简直是为民艺馆的大壁台定做的一款。若是放在寻常家居里，不免显得过于突兀。而且正好我们恰巧在为《工艺》杂志编纂文字第一期，真的没有比这更合适的插图了。

这或许是偶然，却也是必然。总之，走运的幸福感极为强烈。只要到了我们手里就好了，因为它将通过民艺馆为大家所拥有。至今为止它所有收藏者的情与志，也将不再被辜负。我不得不感念自己的执着终于有了善果。

拓本书体同时兼有汉隶与楷书之风，也就是所谓八分体，挑捺明显，且装饰意味较强。与普通碑文上所用的字体不同，更近似于匾额的风格。除这四句外还有没有其他的并不清楚，而且该以怎样的顺序去读也不甚清楚，但据称这是梁武帝的座右铭，是修行用语。而梁武帝最有名的便是与达摩大师的问答，确是一位潜心修佛的帝王。

梁代距今已经有一千四百多年。看文字可知，那是六朝之物。无论从大小幅度还是美观上来看，均是六朝以外绝难寻觅得到的。拓本则有着充分的宋朝之味。据称，其罗纹之宽便是明证，而纸与墨的成色更是佐证了宋拓的事实。中国人称这种笔触为"苍润"，而真实的墨色也的确是暗含了苍翠之色。

这拓本有三个大特色。一是文字极大。泰山上的金刚经素以大字著称，但最大的也不过一尺五六左右，跟梁武碑的二尺四寸没法儿比。这般庞大的六朝书体，据我所知便再没别的了。

二是拓本为阳文。汉代及六朝的碑几乎全是阴刻白文，龙门"始平公造像碑"那样的是仅有的例外。而阳文之美是绝难匹敌的，要美得多。就这点来说，这拓本也无疑是极为珍贵的存在。

三是这碑拓迄今为止，无论哪个书谱都不曾记载，应是仅存于日本的孤本。即便还有其他拓本，也一定还未为人所识。在六朝碑的书里也从没出现过，或许是因为落水碑的缘故，数百年间都无人知晓，最终湮没于尘世。而且除宋拓之外，明代以后再无拓本，因为若是有，早该进了书谱。这次因笹川氏的介绍才广为世人所知，再次向先生表示由衷的感谢。

喜爱六朝书体的同仁不妨亲眼一睹此拓的风采，一定会铭感于心、无以忘怀。这两轴拓本都经过重新装帧，现已成为今天民艺馆不可或缺的存在。

追记。

经年以后，我有次因别的词句查了一下汉和词典，却偶然发现拓本的词句出于《易经》。"惩忿"、"进德"、"修业"、"窒欲"这些词句有一些儒风，却并非佛教语，所以所谓"事佛"并不恰当，但毕竟是熟知周易的中国学者所记，或许是有其他依据的。而梁武帝的座右铭这点大抵可信，毕竟是一位诚实的求道者。

宋拓梁武事佛碑／

赤绘钵

昭和八年（1933），山中商会破天荒在上野的美术俱乐部开设了一次大型展会。这般大规模的展会，一般的古董商是不会开设的。这次主要是陶瓷器，虽说看起来有些鱼龙混杂，却妥妥地藏了几件宝物。其中最吸引我的是一只赤绘钵。

这只赤绘钵是歪的，几乎呈椭圆形，而且钵口有一处皱褶。起初以为是在窑里自然形成的缺憾品，可后来却发现并非如此，其实是茶人们特意从中国定制的特殊茶钵。纹样也是日本所喜闻乐见的。另外还配一个黑平盖儿，可知是用以注水的壶。壶身虽然歪得厉害，但姿态却是妙趣横生，在色彩上也让人耳目一新。

我很是心动。看价格，与其他相比也并非特别的贵。只是对那时的我来说，可算极为昂贵。我踌躇了半晌，最终还是只能嗟叹放弃。当时因为实在中意，曾几度折返，在台前流连。这样的宝物能留在日本并传承下来已经实属不易。同时也替自己的眼力感到高兴。能与之相遇，能有这种幸运，已足以让我感恩。暂且聊以自慰。

我是第一天早晨出发前往的，而展会上已经宾客盈门。很多东西都接二连三被毫不犹豫地买走，我想这只特殊的赤绘钵也定然挨不到下午。回程路上我杂七杂八想了很多，心忧它究竟会被谁买走。终归是会到富豪手中的吧，想看第二眼怕是难了。可买者会像我一样对其敬爱有加吗？会真正欣赏它的那种美吗？得是一位有品位的买者才好。赤绘钵啊，祝你好运！这些思虑一直在我心里来来往往。

展会开了三天左右。最后一天我本想再去一次，可那只赤绘钵定然已经被人买走，从台上消失了吧。就算还在，见其所标注的价格也只会让自己再度心生遗憾而已。这样一想，就迈不出脚了。展会收场后，我只能在记忆中偶尔想想它了。

然而，心底里总是惦念着它的命运，到底被谁买走了？如今身在何处？噢，万一卖剩了呢？谁也无法断言不是？可竟有这种傻事么？那可是一只让人耳目一新、熠熠生辉的宝物啊。不会有人错过它的。

这样的惦念终归是无用，不如直接询问一声到底卖掉没有。事情总有万一，不问一下反而不踏实。或许还能知道买者是谁，岂不是好？我对这只宝贝竟是如此上心，于是寄出了一张明信片。随后瞥了一眼自己这个忧郁的傻瓜。

没有回信。我很是失望。不过想来还是没有回信更好，若是有，则万事休矣。然而，四五天后，突然女佣前来告知有"山中"的人拜访。去了宅门口，才发现是商店的宫氏专程来访，手中还有个包裹，包得很像那个茶壶。我心中一阵雀跃。

结果竟未被卖出！究竟为何场中最优秀的名作竟无人光顾？几千位买手，为何都错过了？几百名古董商，为何谁都不问不顾？何况这还是人气极佳的赤绘作品。价格对我来说的确是贵了点儿，但与其他物什一比，却算便宜的了。可究竟为何竟没有一位买者？思来想去，唯一的理由只有一个，它并未登载在目录的插图里面。所以才会有那么多喜欢陶瓷品的人却谁都没有去买。真是一群无心之人，对这样的美竟视而不见！

"若是先生喜欢，钱什么时候都可以，就先放您这儿了。"宫氏如此说道。于是我不意再次与这只名作重会。

我将其置于壁台之上，感谢它给我带来的眼福。咱们算是有缘了。

然而，我拥有的只是机会而非经济能力。我不得不按捺私心，没辙，只能返还。我实在买不起。不过，就没有别的法子可想了么？若是今后能够偶尔见到也好。不如让我身边的某位买得起的熟人将其购入，这或许算个折中之法。在财物上力量薄弱者，时时会遭遇这种不自由。但喜爱美品的自由却是充分的，所以也算不上不幸。这便是我的想法。可到底让谁破费一下呢？

这事儿也不知什么时候传了出去，寄来一纸便签"就让我来买"的是云州安来的素封家原本虎一郎老先生。老先生很有眼光，藏品中有很多高价且优秀的宝贝。我与浜田、河井等人都曾深受老先生恩泽。特别是浜田，受老先生眷顾颇多。（老先生还是一位书法家，写得一手老练而美的字。）

老先生的来信让我深感欣慰。这只赤绘钵没有比放在老先生那里更让人安心的了。我们也可以偶尔借来看看。于是就这样，赤绘钵被送到了遥远的安来。

昭和九年（1934）正月，《工艺》杂志第三十七号出版了赤绘号，第一页插图便是这只赤绘钵，解说如下：

"极精彩的赤绘钵。可算是至今世上现有的赤绘钵中最为精彩的一只。足以作为名器之一登堂入室。若是玉取狮子、魁钵之名都如此振聋发聩，那这赤绘钵也理应天下闻名。前些日子，这宝物在山中商会的展览会上光彩照人。但不知是因目录插图中并未登载，还是无人发现它真实的美，最后竟未能找到买主。因其太美，实在难舍，我便暂时代为保管，希望能有知交好友将其购入。最后终于有缘成了原本虎一郎氏的藏品。此名器来历清明，在此理应详细解说。

"这只赤绘钵形体歪斜，有人在钵口上了锡，用作茶壶。至于究竟是中国的还是古九谷的，乍看之下较为难辨。箱上留书'南京古赤绘丸纹'，展览时却写的'古九谷'。质地是中国风的，而纹样却是日本风。据河井考察，明显是中国之物，时代在明末清初。（后来才知，是明末的日本茶人从中国特意定制的。形体的歪斜，也正是茶趣所故意为之。）

"中国的古赤绘，特别是天启年间之物，笔触极为清澈纯熟，有不可亵玩之感。质量也极佳，实在不愧为陶瓷大国。但除了那样的精纯之物以外，万历年间所见的赤绘却有笔触粗钝之感。画者的手艺或许是有些欠佳，但奇妙的是，却反而呈现出一种厚重感，有别样的力感。并非一笔一画，而是整体的协调让画活了起来。

"这只赤绘钵明显属于后者。笔触并不显清澈纯熟。不过这也是理所当然，又不是山水人物花鸟，只是沉静的丸纹而已。且粗枝大叶并不细腻。不过也正因如此才显豁达，有幅度有厚重感，进而生出余裕来，便显出了稳重。或许正是这个原因，才能让人安心地远眺。这种作品并不多见，有堂堂风情，且圆润有力，让人一见如故。近来我尤其为这个世界所吸引。并非是拘泥于这个赤绘钵的歪斜扭曲，抑或是生分的纹样，而是因为一种更为庞大的存在，一种不为所动的凛然，一种无论谁来，都能坦然以待的肚量。这种作品的价值理因更高才对。凝望它，可以自省吾身。

"其色彩之美则更是韵味十足。特别是红色，简直绝妙。想到这在今日都是难得的颜色，就更让人心仪了。如果说这种懒惰的手法已经陈旧，那今日的新手法一定得生出更美的颜色才行。但要是生不出更美的，那我们就必然得多考虑考虑了。更别说这红、绿、黄三色的协调是如此让人惊叹，简直就是赤绘中的赤绘。此钵宽七寸八分，高四寸二分。"

原本氏可算是小个子，蒲柳之姿，性格内向并不喜外出，话也不多。他的大部分时间都是在自己房中度过的，所以必然会在身边摆放一些喜好之物。后来，常在病中度日，于昭和十一年（1936）正月遽然离世。我们都为先生的早逝深感痛惜。他的藏品们也痛失了一位好主人。我也丧失了与先生就赤绘钵畅谈的机会，令人扼腕。

大约是数月之后吧，先生嗣子寄来一封短笺，希望寄赠民艺馆一件先生的遗爱，并允诺可以随意挑选。我脑中即刻浮现出了那个赤绘钵的身影。与浜田协商后最终定了下来，终于可以得偿所愿了。

在初见赤绘钵之后四年，宝贝终又被运回东京，住进了民艺馆中。我们之间的缘分总算是足了。我将其置于台上，看了又看。而后又想到结缘的奇妙。毫无疑问，因它的存在，我们将时常惦念原本氏，并感恩于他。而赤绘钵自身，大概也正为来到我们身旁而欣悦不已吧。

（后来有一只几乎相同的形状相同的纹样，连歪斜度都相似的赤绘钵，在一次展览中现身。虽然有轻微的裂痕，但那裂痕看上去却韵味十足。由此可见，这种钵当时一定是做了好几只，一并送到了日本。歪斜度都一样这点实在很妙，大概是茶人特意定做的几只吧。现在那只有裂痕的究竟在谁的手里呢？总之，并非赝品，而是真正的兄弟。）

追记。

正如上述所言，这赤绘钵是应日本茶人的要求特意烧制的。若是在日本烧制，定会留下做作的痕迹，而这一只却全然觉不出任何的不自然。这是为何？大概是因为当时制作方的汉人并不明白为何要故意歪斜，所以制作时并无负罪感。而且做事大气，全然不在乎小肚鸡肠的鉴赏之类。从结果上看，茶人从中国定制茶器，可以在历史上写上一页了。而明末的青花、赤绘之类曾应日本定制而大量传入日本，可以浓墨重彩一章了。若是把这一类宝贝聚集起来，倒是一次精彩的展出。

曾我屏风

大约是昭和十一年（1936）时的事情。六月一日，山中商会的屏风展前一日，我出发前往上野，去看那些还在准备中的屏风。那时各类陈列已毕，三百多件大作集聚一堂，乍眼看去蔚为壮观。让人不得不赞叹"山中"的大手笔。暂且不论货色好坏，仅短时间便聚齐了这么大的量，这是其他古董商无一能做到的事。

三百多件屏风一一看去，却也没花多少时间，我动作挺快。只是为了看一些美品，或者为了多学些东西，总会一而再、再而三地反复观赏。于是，最终就只流连于选中了的，其他便一笔带过。

我看的速度真的挺快，连自己都觉得太过粗杂。但总是第一眼看了，良莠在瞬间便判定了下来。不佳者，是不能让我驻足的。很感谢那些好宝贝，总会即刻闪现光彩，所以我自认为不会看走眼。不过也正因这个原因，我并不会去详细检查那些美品的细节，所以有时候会轻易放过一些裂痕或是缺陷。我这个毛病并不值得效仿，就算判定得快，之后还是应该回过头来详细检查的。

如果是瞬间判定为美品的，其细处上的好坏，与整体相比其实并不十分重要。所以全然不必在细处上纠结，美品就是美品，简单直接。但世上多的是一叶障目之人，被细处牵了鼻子却忘了整体，这绝非好的眼力。因为这将引发判断的犹豫，会让眼光变浊。而直觉，是不会耗费时间的。

这次展会上让我驻足的并不甚多，但仍有两件尤其让我心动。都是富士图。其中之一是以富士山为背景，一队人正经过三岛旅宿时的场景。人物的描画方法与排列方式均有相当高的工艺性。特别是色调，美极。约莫是宽文时期①的作品，却不知为何一直到最后一天也无人购买，竟卖剩了。我若是买得起肯定就拍板儿买下来了，可遗憾的是囊中羞涩。但其他能买得起的人很多，却不买，很奇怪。（这屏风一两年后在另一处展会上现身，最终由圃伊能氏买走。）

另一件并未在此次展会上展出，我是在储存室里发现

---

①宽文时期：宽文是日本年号之一，宽文时期指1661—1672年间。

的。那是以曾我五郎十郎的故事为题材的富士围猎图屏风。位处中央的富士山上，是一片狩猎的场景，左面有波有舟，右边有城有馆，正是杀敌的光景。有上百人穿插其间，却形色各异，各自为政。特别具有吸引力。

如此笨拙的屏风我还是头一次见。初见便可知，这其实并非画家的作品，或许出自某位街坊画手也未可知，因其并不属于普通意义上可称之为"画"的任何类型。建筑物画得很是生分，远近法也用得极为凌乱。然而，就在这稚拙之中，有种特别的味道蕴藏其中。

画里的人物极为活泼。或许有人会评价作者不知画法，但无疑一个个都十分鲜活，颜面与手足都有着装饰性的外形，且再三重复。可仅此却显得鲜活灵动，无一处有昏昏欲睡状。动物更是逼真，像要浮出画面来。而每处线条都描画得十分明确，属直线型，无一条含糊。那一片宛如纹样的松林，也为整体增添了别样的风情。

这屏风如今只剩了一面，想来原本是应有一双的。另外的那一面，或许是以五郎十郎的少年时代为题材的吧。丢失了实在可惜之至，只寄希望于将来什么时候能悄然现身。

我在见到这屏风的瞬间，不得不叹其真是为民艺馆而故意出现的宝贝，它正是我们所梦寐以求的那种民画。我即刻下决心要将其买下来，虽然心底里还是有点儿踌躇。因为那段时期我已替民艺馆购买了太多的宝贝，而且还刚刚从朝鲜旅行归来，难免会招致同伴们的牢骚。然而我却免不了为民艺馆思前想后，特别是这种美品。若是其他同伴并不上心，我总会觉得将其收集起来便是自己的一种义务。（其实我收集的大部分藏品，都是迄今为止并不为人所爱的东西。）那些难以企及的高价品，当场便会断念；而对触手可及之物，便会变得大胆。若是大家都反对，我也会固执地购入，哪怕用自己的月薪去付也在所不惜，只要没给民艺馆添麻烦。对，万一出现意见不一就这么办。这种理论让我变得勇敢。于是，我未跟任何人商议便下了订单。价格一千日元，总之是迄今为止出手最为阔绰的一次。这屏风就是这般让我心动。（虽然到现在还时不时听到怨言，但让我等不去购物，我认为真是这个世界的损失。）

言归正传。我当时下订单时，才知这屏风是山中商会向岩崎男爵推荐之物。据山中商会所言，因岩崎男爵在芦湖畔新修了一幢民宿式的别墅，这画有湖水的屏风很是应景，所以便推荐了这一件。而且男爵将在明日到访后决定买或不买，所以希望我能等一等。

可是，他们双方并没有明确的买卖契约，而且是对方一直都没见过的东西，我觉得为了民艺馆请求稍微通融一下也情有可原。"您的意思，我方一定会如实转告。"得到商会的这句回答，我只好先回去，对明天心怀憧憬。然而，这种不确定性却让人好生煎熬。

这天夜里，我摊开信纸，告知河井与浜田这个伟大的发现。另外给当时民艺馆的会计水谷、森两位也寄出了便笺。总之，想与大家分享喜悦的心情甚是迫切。随后便上了床，跟个孩子一样期待着第二天的来临。

然而第二天却没任何消息。后来才知道，当天岩崎并未如期到访，山中商会也未能转告民艺馆的事情。不过，男爵执事去了，且随即决定购入，于是屏风便在我全然不知的情况下早早被送入了对方府中。这让我很是沮丧。不过想想也是，毕竟是日本首屈一指的富豪，作为古董商厚此薄彼也属自然。而且就将来可能的生意往来这点来看，比起民艺馆，卖与富豪更是理所当然。结局便是这样，我的意思全然未能传入对方耳中，而被一句简单的"见谅"打发了。我甚至有些后悔，当初若是直接找山中商会的老板商议该多好。

不过继而一转念，此事无非是那位店员自身的处理方式罢了。若是能如实转告岩崎男爵民艺馆之事，他一定会给予充分的理解与尊重。所以，不如直接与其对话。想到这一层，我便直率地写了封信，写下希望，并立刻寄出。如果是我自己想要，理应更为客气，而且也不该如此执念。但我确信这屏风放在民艺馆会更有生气，更有用。若一直藏于私人府邸，其他人等是没有机会见到的。我自认为自己的要求并不过分。

等了五日，不见回信。都让我以为天下的富豪全都是懒于写回信的。抑或是被不明所以的管家销毁了，富豪们的信件总是多如牛毛。毕竟我与对方连一面之缘都不曾有过，那样的处理方式也在情理之中。更何况对于民艺馆，他们或许也未曾听说过。于是我把写有民艺馆简短历史的《工艺》第一期寄了过去，若是这样也无回信，就只能作罢了。

也许是这期杂志打消了对方所有的疑惑吧，第二天一大早便有一家道具屋突然打来电话，告知岩崎先生已经允诺屏风之事。我虽感惊诧，但无上的欣喜却是难以比拟的。这天傍晚，屏风便送到了我的手中，而且价格还比当初的标价便宜一些。这让我为自己的任性感觉很不好意思，对岩崎先生也心怀歉意。我由衷地感激先生的理解与慷慨。

这天晚上,我重新把这屏风看了个够。这又是一桩结缘逸事,在屏风陈列于民艺馆期间,我的任务就是长久地传达岩崎氏的厚谊,这也是我写下此篇的缘故。我寄出一封感谢函对男爵深表感激,并同时给知友们写了数封便笺。河井回了一封电报:"祝贺一念成真。"而会计小森也特意把钱送了过来,我都还未来得及申请。总之,这件宝贝我是极想让大家早日见到的。

大约是五日之后吧,终于有了大家齐聚一堂的机会。河井、浜田、芹泽他们看了屏风非常感动,而我在一旁看到他们感动的样子也甚是感动。能有这样一群知己,夫复何求!单单一人的感动还不够,得一起感动才能感受感动的愉悦。浜田说:"这种美品,难怪老柳会如此上心!"

民艺馆从此又多了一宝。

"屏风啊,你终于来到我们这里,我们得知恩图报才行啊。因你的存在,这世上又多了一种美,我们一定不负所望。我们会让更多的人与你我共享喜悦,将你的存在告知他人便是我的快乐我的任务。"

有多枚插图的屏风介绍登载在《工艺》杂志第104期。时间是昭和十六年(1941)六月。

曾我屏风／

汤釜

在京都提起"土桥"几乎无人不知。这家古董商白手起家,一代便跨入了富豪行列。想来也是理所当然,土桥先生是极有气度之人,且随着年纪增长,风范有增无减,更具人格魅力。

这位土桥老先生在鹰峰附近的玄琢丘上建了一处府邸,内有数间茶室。这幢民宿式府邸是老先生请陶工河井宽次郎来设计的,时间大约为昭和十年(1935)至十一年前后。河井对建筑情有独钟,这次是大刀阔斧、热情洋溢地把自己独特的审美观发挥到了极致。建筑完工后,我多次受邀,与老先生一起围坐暖炉享用美食。总之,无论房间布局、构架或是建材,均非河井不可。从居住者的角度,想是会有各种要求的,但这无疑是一幢没有河井就不存在的房子,极难等闲视之。建筑途中,老先生也会添加一些自己的讲究,或许河井并未能百分百地随心所欲,但建筑本身很是赏心悦目，可算作河井的代表作之一。

在府邸一旁，还筑了一个形状极美的登窑，并有配套的作坊与辘轳。这登窑初次使用时，河井也前来相助。老先生想是多少有些光悦①之梦的吧，尤其热衷于茶器的烧制。

府邸内有各式各样的日用器具。这些器具与民家风格相称，当然也不乏绝佳之物，特别是一只端坐于灶台的汤釜，让人难以忘怀。

这铁釜外形有古风，釜肩稍宽，釜身上有数圈横纹。咬着铁环的两只耳朵有着漂亮的狮子头型，有圆孔的厚木盖则更是绝佳。从时间上看，至少得上溯到足利幕府时期了。此外形之美让我着迷，于是在手账上将其素描了下来。

我忘了曾几度拜访这处新府邸，但记得每次都会被这铁釜所吸引，而每见一次便觉其更增了几分精妙。

有一日我跟河井谈到，不知铁釜主人能否把这汤釜让给民艺馆，若是要跟老先生提起，通过河井做中介人是最合适的。我跟河井说，既然老先生是卖古董的，只要他肯卖，咱们就买下来岂不是好？可河井却是个关键时刻心性

---

①光悦：指的是本阿弥光悦，江户时代初期的书法家、陶艺家、艺术家。

内敛之人，更何况还是在自己所建的房屋里摆设得那样完美的一只釜。"不如等等再说，今后总会有机会的。"河井终于是未跟老先生传达一字半句，这事儿暂时便算了了。而我若是再强求，似乎夹在中间的河井也甚是可怜，便也不再提起。

光阴如常逝去。我搬到了东京，京都成了偶尔才能到访之地。而即便去了，也无暇再度到访城外的老先生府邸，于是记忆也渐渐淡漠，几近于消失殆尽了。

之后七年，到了昭和十八年（1943）的夏季。某日傍晚，我在芦湖畔的旅馆里从早晨便开始执笔，又累又乏。中途小憩片刻，我拿着手杖往箱根权现①方向静静走去。我很喜欢在这天皇离宫附近的大杉林道上散步。或许有人早就注意到了，在神社森林入口处左侧前方，陈列着两只巨大的铁釜，标注的是镰仓时代。其工艺相当精湛。当这两只釜映入眼帘时，心底深处的某样东西似乎被触碰到了，理由是这巨釜的其中一只，与遥远记忆里的那只有点儿相似。于是六七年前的点滴再次被唤醒，那只汤釜可还依旧端坐在老先生家里的灶台上么？后来可还有谁为它的

---

①权现：日本神道教中，据说佛为救众生而在各地以神的姿态出现，所以被名为某某权现。

身形之美所吸引么？河井可还记得我曾经的那个热切希望？这些念头在我脑中纷纷扰扰不肯停歇。

若只这些，便成不了故事，终究会再次从记忆中消失。然而，就是那天夜里，我继续为《民艺图录》写解说，把带来的几本手账翻了个遍，里面有曾去各地调查的备忘录。世事就是这般不可思议，那日偶然想起的汤釜的身姿，竟突如其来地呈现在了眼前。我曾经素描下来的那张图被翻了出来。我惊诧于这段奇遇，我竟全然忘记了还有图的存在，莫非是有谁在特意替我牵线？

于是我即刻行动，取出一张明信片，画上汤釜的素描，并寄给了河井。图下有文，大意是："我还是忘不了这只汤釜，还是想请你去拜访一趟土桥老先生。想买。"会不会给河井带来麻烦啊，我虽有这踌躇的一念，但翌日晨还是寄了出去。直觉告诉我，会有某种奇妙的因缘。

河井的回信是这样说的。他与土桥老先生已有一年未曾见面了，但我的便笺一到，便有一位稀客到河井的工房里来了，竟就是土桥老先生。难道这不是奇缘么？于是河井就把我的明信片拿给老先生看，而老先生一看，便即刻承诺，既然这么想要，就做个人情让给我们。而且还慷慨地不愿收取分文。第二日老先生便特意派人把东西送到了河井手里。河井的这封回信里，字里行间都充满了喜悦。我从窗口望着湖水，极目远眺夕空里权现森林方向。这命数的奇妙，实在难以言说。

待我将草稿写完，回到东京的居所时，邮件刚好寄到。我急急将包裹打开，那只汤釜原封不动地出现了。我不由得双手握住釜肩。打开木盖，里面有张红白礼签，上面写着"土桥喜平治奉送"。真不知该如何报答才好。为表达感激，我立刻写了一封厚厚的回函，寄给了老先生。当然对河井亦是万分感谢。

这是命数的偶然，抑或必然？在收藏这件事上，类似的事情总是反复出现。

昭和十八年（1943）底，我在民艺馆二楼回廊上建了一个柜台，陈列了六七种釜、大吊钩、茶盘之类。中央便是这只在玄琢丘相逢的汤釜。芹泽銈介君叹道："真是近来绝佳的陈列啊！"他是在物品与陈列上最懂行的朋友之一。

汤釜／

行者墨迹

远州三日一地有一处名为摩诃耶寺的古刹。此古刹属古义真言宗，寺内的十一面观世音与不动尊二像，据闻是国宝级塑像。

那还是一个冬日寒气未尽之日，我在浜名湖畔旅行之际，在铃木繁男君的建议下到访了此寺。同行者还有铃木笃、寺田肇，共四人。通往山门的指路松、寺内伫立的石雕等，处处都显出了此寺不浅的历史渊源。时间是在昭和二十六年（1951）二月十一日。

此寺地势偏远，鲜有人拜，到日暮时分便万籁俱寂了。我们想见见住持，却无人应声。无奈，只好自己去了本堂。上台阶并打开门，往堂内望去，在一片昏暗中什么都看不确切。待眼睛适应后，这才发现中央楣窗处挂了几幅匾额。其中一幅突如其来抓住了我的视线。我不由得拍了拍铃木的肩膀，无言地指给他看。

此额上写了几行大字，书体是至今为止从未见过的。在惊奇中，我们步入堂内抬头仔细仰望，发现写的都是佛祖名。而最吸引我的，是这些字体的奇妙，有不可思议的俏生生的美。在我们知友之中，唯有栋方志功的文字与其相近，但仍有很大的不同。我从未有过与这种文字相遇的经验。并非书法家的字，更不是有技巧的文字，然而又并不稚拙。看不出来故意为之的痕迹，写得也并不很好。或许可以说是因为有灵气。总之，是远远超出了美或丑这些常识之外。这便是其瞬时吸引了我的所在，我不由得瞪大了眼。日之所及，仿佛是某处遥远世界的文字，全无这个世界的俗气。再仔细一看，这不是在胶合板上写的么？于是谜又更深了一层。

忽然，我发现在这个昏暗的本堂一隅，似乎有人影。细看之下，是一位老僧，对面还坐了一位矮小的老婆婆和一个孙子模样的孩子。他们正在做祷告，像是在祈祷病体的康复。于是我们默默等到仪式结束，才与和尚寒暄起来。我们专为国宝而来之事，暂且不提。

我最初询问的就是这个不可思议的匾额。虽称之为匾额，却并无装饰边框，只是一张大型胶合板，上面写了些大小不一的字。这到底是谁写的，又为何会挂在这本堂之上，这里面的文字又有何因缘，其谜底让我着急。

和尚回答说，这是一个年仅二十余岁的行者所写。可惜的是，这位行者两年前已离开人世，生前曾屡次到访此寺。据说这位行者是丰桥一地出身，原是东京的日本大学学生，后来立志佛门，于是中途退学。随后以行者身份日夜修行，皈依真言宗后走访了各处寺院。他很懂教学，因缘滞留此寺时，曾经常与和尚探讨佛法。

这张匾额是他最后一次来访时给和尚所留的墨迹。那天他提出要写字，和尚身边刚好有块胶合板。只见他趴在地上，一面念念有词，一面刷刷落笔，毫无停滞，一气呵成。文字有如下十一行，均为佛祖名。是某种曼陀罗，中央为金光明经，左右为五体，井然有序。

四大天王

大迦叶波

阿弥陀如来

不动如来

释迦如来

金光明最胜王经

慈民菩萨

宝相如来

行者墨迹／

天鼓音如来

阿难陀

帝释天

（顺便提一下。其中的不动如来，是阿閦如来的别名，并非不动尊。慈民菩萨即弥勒菩萨。宝相如来，或许是宝生如来之误？另外，阿弥陀在西方，不动如来在东方，宝生如来在南方，天鼓音如来在北方。）

这张匾额没有时间标记没有作者署名，背面有几处佛祖名的草稿。这位年轻行者名叫林光明，据说两年前（1949）左右离开这里，去了名古屋的日暹寺。可之后不久便在某个地方结束了他短暂的一生。年仅二十七。听住持说，这位行者的母亲还在千叶县的某地，后来也尝试着找寻，但终究是人海茫茫，如今再也无法查知这位行者生前之事了。也曾寄函日暹寺，但并无回信。

匾额的故事是在此后开始的。这张匾额挂在寺里，也挂在了心里。那天我们回到了久能山附近的大谷，但那些文字的魅力俘虏了我。恐怕至今为止，还没有任何人像我一样对这些字如此着迷。那只不过是在一个偏远的寺庙里，挂在楣窗上的一张连边框也没有的毫无造作的字而已。若是价值不菲的寺宝，或许只能放弃，但这张字，也许会得到主人的谅解而出让给我们吧。而且是民艺馆的收藏，并非私事。这些想法虽然有些自私任性，但我问一问总是可以的。于是我很快写好一封信寄给了住持。

一个完全的陌生人，蓦然闯入本堂，偶然看上了一幅字，又无任何其他的关系渊源，就这么突然地去求人转让，这实属鲁莽。但这些文字的魅力使得我不得不鲁莽一次。

回函到了。住持的措辞自然十分正当："我与那位行者也是极亲近的，如今他过世了，这张匾额便成了一种纪念，于是这才特意挂在本堂上的。"住持的拒绝是情理之中的事，是我太过无礼了。但忘不了真是一件烦恼之事。执念就是执念，无法说忘就忘。无论结果如何，总之再次把自己的热切期望传达一下也是好的。

当时的指路人铃木繁男住在磐田，离远州三日一地并不远。就让铃木再次出访，直接与住持交涉吧。如果还是不行，就找到这位行者的亲人，看看还有没有别的墨迹。这匾额或许并非只有一张，其他肯定还能找到。而且还说不定能有契机得知行者的一生。我即刻书信一封，寄给铃木。

"摩诃耶寺的文字，我想用来当座右铭养心。已经跟和尚提过，但没有结果。能否请你再去一趟，向和尚说明我们的立场，看看和尚能否折中一下？"

铃木很快有回信说，近几日就再度拜访寺院，自当尽力去交涉。我一直殷切地等待着。

之后，铃木走访寺院，详细告知了和尚有关民艺馆与我之事，说咱们佛缘浓厚，希望和尚能转让那幅字。然而对和尚来说，那毕竟是与他相交甚笃的行者的纪念，怎么也不愿轻易放弃。这自然无可厚非，终究是我们太过自私无理。但铃木也不轻言放弃，把理由详述了一遍。

听过后，和尚这样回话道："这里也不时有形形色色的人到访，国宝佛像谁都会看，但对这行者文字如此在意的人，你们还是第一个。我虽然也很不愿放弃，但请让我先问问过世的行者之灵，如果行者之灵说同意转让，我便转让。请稍等。"

这段突如其来的回答让铃木感到一种非同寻常的气息。和尚双手合十，再阖上眼，口中念念有词犹如念咒。在一种异样的氛围笼罩中，一旁的铃木不由得缩了缩身子。不多久，"行者之灵现身了。在说话。行者很高兴有人肯欣赏自己文字，他表示感谢。啊他刚说愿意转让给柳先生。"此言说罢，和尚竟如大梦初醒。

随后和尚又道："行者的心愿已经明了，就转让给你们吧。但对我个人来说，正是这位行者让我对佛法有了更深的理解，此恩情让我实在难以与之分别，请之后给我寄一张照片过来。另外，还请柳先生另写一幅字。"

对这番异常之事，铃木心绪激动，说"即刻跟柳先生一五一十言明此事。"第二天铃木便急匆匆到大谷来找我。这个故事打动了我的心，不过我的字也能有用？我铺开纸，写下四行：

摩诃

真言

即身

成佛

——宗悦

那天是个风极大的日子，铃木带着这张字急急赶回三日，到时已经日暮。终于拿到了那张匾额，但天气却愈加糟糕，风更大了，还下起了雨。而且冬日白昼短，天早已黑，又没带伞。铃木用布将其包起来，再脱下自己外套盖住。外面是伸手不见五指的雨夜，和尚见其可怜借了雨伞与小田原提灯，但要抱着偌大的木板逆风而行，要迈步都不自由。毕竟是非同寻常之物，铃木忘了风忘了雨，急急往车站赶。待回到磐田的家中，已经深夜。

铃木特意为这幅字设计了一个黑漆边框。做好后一看，有三尺一寸高，四尺一寸宽。这么大要运往东京的民艺馆很是不易。到车站时，竟因为太大，不允许上车，理论了半天也没有结果，恳求也全无用处，最终告知我们若是站长同意了倒是可以，但可恨的是站长并不在。我们几番辗转找到站长，恳请让我们亲自护送这匾额，因其实在重要。最后终于得到默许，能暂时将其立在卫生间的壁旁，且经历了东海道六个小时的旅途，还在品川与涉谷二地换乘了两次。可以说是没有铃木的热心便完不成的一个大业。

行者匾额终于挂在了民艺馆的高台之上，我点起香，以尽供养之礼。

一直想将这有故事性的一幕用文字记录下来，今终如愿。若是因此而有缘获知行者林光明的经历，当表无上感激。

昭和三十年（1955）九月记。

丹波瓷

（一）

民艺馆所收藏的丹波瓷，虽然现在还不为人所认同，但十年后想是能获好评的。这些都是质地极佳之物，然古董界甚是奇怪，无论多好的名器，但若是不流行就仿佛全无价值一般。而收藏家们也大都不靠自己的目光，而仅依赖于评价来做取舍。对尚无评价之物便会感觉不安，更不会冒险购入。

比如唐津瓷、志野瓷、织部瓷等，因评价甚高谁都想要。不过价格也是只增不减，一般人是买不起的。但若是旁边就有与之匹敌的名器，而且价格便宜，只是尚无评价，便不会有人光顾。如此一来，很难不让人怀疑他们究竟是否真正懂了唐津瓷或志野瓷的好才选择购入的。

现今的日本瓷器热，皆是以茶道器具为本位，虽有一些深层次的观点,但整体视野是狭窄的。近来出现了"鉴赏陶器",终于可以说人们的视野正逐渐扩展至茶器以外的领域了。但仍是以评价为依据,所以其价值尚未被承认的宝贝有很多。终究是流行与否决定一切,对丹波瓷的鉴赏也是如此。

前几日,一位醉心于茶器的评论家写了一篇茶器礼赞,说丹波瓷是首屈一指的,与那些大量的杂器类全然不同。而其到底有多珍贵,从其稀少程度便可看出,因为其窑迹处连一个碎片都找不到,成品更是少之又少。还说是京都的名匠专程前往烧制,所以与那些有大量碎片的瓷窑所产的民间瓷器全然不同。文章里的照片是古董界知名的茶叶罐。

这位评论家礼赞的是量极少的"珍稀茶器",而我们却从被轻视的"大量杂器"中自由自在地甄选出很多逸品。在我们眼中,它们的美感与深度,比适才所提的知名茶叶罐好太多,所以现在正极力搜集。正如前文所述,现在时机尚未成熟所知者甚少,但十年后,评论界定当追而捧之。这种经验我们时常有,比如朝鲜陶器就是如此,所以如今唯有感慨。我经常被人轻蔑为"毫无眼光的家伙",但所幸,被轻蔑竟是一种意外的幸福,因为其间可以便宜且轻易地搜集到自己所中意的宝贝。丹波瓷也是一样，民艺馆接二连三购入了各种名器，如今大约在质地上已经是日本第一了。不过，此真理是适才所提的那位茶器礼赞者，或只喜名家陶瓷者大抵不能明了的。丹波的杂器要让一般的爱好者都认同，尚需时日。

丹波瓷大体上可分为三类。一类是茶陶，一类是留铭的个人陶，第三类是民间杂器。前两类因评价甚高所以价格也贵，而第三类的价值还未被承认，是最便宜的。但这最便宜的杂器，却是丹波瓷质地最佳之物，对我们来说实在是难得的机遇。只是因此我与我的数名知友被当做了独断的异类而已。

不过，当其被精心陈列起来时，定会有人因其意外的美而惊叹。只是评价还跟不上来，纵使有人惊叹，也不会引起更多人的注目，它们到底是些怎样的宝贝终究还是并不为人所熟知。这些与上文所提的"稀有的茶叶罐"等不一样，是"大量制作的杂器"，很多人定然都是见过了的，只是眼光却被蒙蔽，不能领悟其精妙。总之，没有评价便不能流行，其优美是不被承认的。不过，无人问津的这段时期正是我们的繁忙期，若是其价格飙升，我们这样在钱财上并不自由的人便没了出手的机会。

丹波瓷／

丹波瓷其实是越研究越精彩的瓷窑。其名声因茶而早早被承认，不知是否跟远州等有关，总之是茶人烧制茶器的名窑。主要有茶叶罐与水壶，不过奇怪的是几乎并无茶碗。其理由通常被认为是这瓷窑并无做高脚器皿的习惯，所有的几乎都是平底。其实，丹波的土很脆、很易碎，是因材料关系才放弃高脚器皿的。这便是几乎见不到茶碗的理由。不过这些以丹波瓷闻名的茶器，真正好的并不多，水壶倒是有些不错。不过这些茶器，用禅语来说就是显得太过"造作"，缺少"安宁"之美。因此，丹波茶器很难说便是能担待丹波瓷里最高名誉之物。

另外，留铭"直作"或是"一房"的个人陶，虽然有技术也有品位，但主要是以"巧"为卖点，整体性略弱，难以代表丹波瓷的主流。无论如何，最气派最素雅最沉稳最优美的，还是杂器类。（杂器类里也有作者留铭的，不过这与适才所述的个人陶不同，或许是作为税务替代品被村长所征收之物？全无厨房所用杂器一样的装饰。这在其他瓷窑里是从未见过的。）

这些杂器多种多样，变化多端，其模样与手法也是千差万别，极为丰富。唐津瓷大都是素瓷，或有简单的铁绘；志野瓷也是统一样板。而丹波瓷却富于变化，终有一日，人们会意识到丹波窑才是日本出产了美品最多最丰富的瓷窑。这些杂器就是明证。

丹波瓷的美，不同于中国或朝鲜，有其独自鲜明的日本特性。而更为有趣的是（或者应是理所当然），丹波杂器有最为深厚的素雅沉稳之美，是与茶意最为相衬的。这种韵味不在丹波茶器之中，却在丹波杂器里，可以说这正是真正的"茶美"所抵达之境。即杂器与其说是为茶器服务的，不如说是茶器特性的必然表现。谁都知道，"大名物①"的茶器，无论茶叶罐还是茶碗，原本几乎都是杂器。

因此，其真正的素雅沉稳之美，对丹波瓷来说，不在茶器而在杂器。这个事实将来终有一日会为人所认同。然而，这种素雅沉稳之美，即所谓"沉寂之美"又是如何得来的呢？其实，我觉得或许也可称之为"贫美"，因为这种沉寂之美，来源于瓷窑本身，以及土壤本身的贫瘠，还来源于半农半工的拘谨生活。

同道中人或许大都知晓，丹波窑是最为原始的一种窑，是在日本现存的瓷窑中，把朝鲜传来的样式依旧保存完好的唯一特例。所有的古瓷窑大抵都分了两步走，最初是掘地而造的穴窑，其次是一半建于地表的沟窑。丹波窑

---

①大名物：千利休以前所被选定的茶器名品。

也同样，现今发掘的古窑遗迹便是这段历史的明证。起始时间或可追溯到镰仓时代，至少足利幕府初期是已然出现了的。如今的这种瓷窑样式，大概是丰臣时代受朝鲜式筑窑样式的影响所致。与今日在朝鲜所见的样式几乎相同，是如缓丘斜面的卧状登窑，曾有过超过三十间的大小。其特色在于高度极低，而且与其他瓷窑不同，并无内室间隔。近来逐渐有了些变化，出现了所谓"袋"的空间，但那也只是指支柱与支柱之间的空间罢了。另外，也并不使用烧架或烧箱等瓷窑道具。而且内部并非水平，依旧是斜坡状，因其斜度不一，火炎无法均衡抵达。柴薪的投入方式更显温吞，是直接从瓷器之上投入，所以经常为柴灰所掩盖。这样一来，瓷窑内温很容易下降，破损多也就不奇怪了。瓷器摆放也甚是麻烦，稍大之物须得次次都把上部的烟囱（即被称作"蜂巢"的所在）毁掉才行。总之，是极为原始的瓷窑样式，而这种至今都未被改良，依然存世的窑，实在珍稀之至。如前文所述，破损率是极大的，但所需热量比其他要少，大抵可以补偿破损的损失，这大概是能在经济上继存于世的原因吧。总而言之，这瓷窑是现存于日本最原始的一种，甚至可用幼稚或者寒碜这样的字眼。但就是这种寒碜的窑，烧出了无与伦比的美瓷，这才是不得不仔细思考的问题。

近来在立杭村建了一座试验所，目的是改善此窑的幼稚之处。同时因为集中了各类近代科技，筑成了几近于理想的瓷窑。迄今为止的那些缺陷与难题全被一一攻克，烧制的件件成品可谓尽善尽美。然而，结果怎样？那些成品几乎完美无缺，却全然无趣，在美感上完全感受不到丹波瓷的品性，这不知是否该称作某种合理性的悲哀？由此所见，仅依赖于科学合理的技术，最关键的东西是会缺失的。而这种东西，却是陶瓷器皿的命之所在。

从烧损多且不合理的瓷窑中烧制出来的那些瓷器，有着生之美韵，这是不容否认的事实。去往朝鲜探访古窑遗迹，也可以遭遇各种各样相同的实例。这该如何说明才好？

科技瓷窑是人的理智在作指示，而非合理的原始瓷窑是大自然在作指示。于是结果就有了相当的差异。这不能不归结为，前者是来自于工业的商业的立场，而后者是审美的自然的。其实，历史上那些优秀的逸品，在很大程度上都取决于这种非合理性。

不过，非合理性这种说法，是来源于合理的人类智慧立场的批判，若是从大自然的立场出发，人类的合理性或许反倒可以被称之为不合理了。无论什么都可以烧制得件件都一模一样，这本身就不自然。

再回过头来看丹波瓷深不见底的素雅沉稳之美，这因于幼稚的瓷窑构造，也因于用作材料的土质。丹波的土，是拙土，被归于下下等也是无奈。但这拙土一说，也只不过是人类从自身立场出发随意为其定的性而已，就自然态来看，根本就从不曾有过什么上等下等之别。各地的土质总是各有特色的，所以若是找到顺应土质的烧制方法，那无论怎样的土都定然会焕发其特有的光彩。丹波瓷的精彩之处，就在于用的是拙土，反倒增添了其他瓷窑所无法生成的特色。这就跟宋加洛瓷[1]一样，用的是所谓"恶土"，却生得那般彩瑞韵美，或许反倒能说是因为沾了"恶土"之光。若是用了其他的土，不见得就能烧制出那种独特的韵味。丹波瓷的素雅沉稳，可以说就是贫寒之美。由此，无论哪种土质材料都是应当感谢的。濑户瓷以上等土质而闻名，丹波瓷以下等土质与其同堂并列，且相得益彰，这岂非自然之妙？人类随意所定的上等下等之别，不得不重新考量一番。我们不能忘记世上还有救赎草菅般人类的他力[2]

---

[1] 宋加洛瓷：泰国中部宋加洛一地所产的陶瓷，日语音译为"宋胡录"。
[2] 他力：佛门用语，是指引众生得悟的佛祖之力。净土宗特指救赎世人的阿弥陀佛本愿之力。

的存在。丹波瓷便是这种没有任何多余的他力之美。

此番真理,在初期丹波瓷里那些"披灰品"中尤可得见。那种深不见底的美,是人类不合理性与自然合理性的完美演绎。

(二)

在此,我想说一下民艺馆为何能搜集到如此众多的丹波瓷逸品。无论是东京数百家道具屋,还是地理上离丹波很近的关西地区的道具屋,即便挨家挨户去寻,也不见得能集齐这么多的宝贝。正如前文所述,因为价格还上不去,道具屋拿着这些宝贝也赚不了钱。我们正好可以找到一件就便宜买下一件。

不过如此大量的收藏却是因为下文所述的特殊事件。

丹波之都——篠山,有一家名为尚古堂的古董商,店主叫中西幸一。也不知为何,这位店主对丹波瓷的搜集很是执着,同时因地理条件也不错,夫妇俩又十分齐心合力。中西氏喜欢能乐[①],城中神社有能乐舞台,他是年年都能出演主角的达人。他在自家也搭了一座舞台,很是醉

---

①能乐:日本的一种古典舞台艺术,日语里叫做"能"。

心于舞艺的精进。作为古董商，他本是以兵器盔甲为主业的，可有趣的是，从昭和十年（1935）起，便对其他古董视而不见，只一心搜集起丹波瓷来。据说昭和十二年（1937）前后是搜集得最多的一年。当时，丹波瓷是全然不值钱的杂器，无论哪种只要放言说用两日元去买，保准有各种小古董商或旧货商争先恐后地送来。所以附近农家的仓房、商家的厨房等都曾被搜了个遍，到手的丹波瓷全被送到了尚古堂。据说曾有十人左右一同寻访，实属难得。地理上以多纪郡为中心，遍及冰上郡、有马郡、船井郡，甚至远及播州。

这对中西夫妇人缘极好，大抵也是有德之人，丹波瓷就这样渐渐越集越多。夫妇俩对丹波瓷的搜集极为感动，且欲罢不能，这在当时很是少见。而店主生病住院期间，其妻每日都将新购的瓷器带到丈夫枕边一同欣赏，这是我亲耳所闻。总之，极为热心，而且藏品也丰富多彩极为有趣。

我虽也常到各地旅行探访，所知的古董商也不少，但如尚古堂一般对其他古董视而不见，只专营同种瓷器的这还是头一次见。

这些数量庞大的瓷器，从昭和十一年（1936）二月至昭和十七年（1942），曾在大阪、名古屋、东京等地开过多次丹波瓷的专场展览，二战结束后在大阪还开过两次，前后共计十一次。而每次展览都陈列着成百上千的大量瓷器，其数量及规模是其他任何瓷窑的出品都无法比拟的。而且就算是现在，尚古堂的三个仓库仍然被塞得满满，可见老板采买的热情或可用异样来表述。所以，直至今日，中西氏手中的瓷器，足足有一万件以上，实在令人惊诧。这都源于他们夫妻俩对丹波瓷的热爱。

他们眼界开阔，看不上眼的并不多，所以实践知识也极为丰富。至少此后的丹波瓷爱好者或研究者，都将直接或间接地受中西夫妻恩泽。就如我，已十分真切地感受到了这一点。

但是，如此数量庞大的收藏，以及多次大规模的展会，都没能让丹波瓷流行起来，这又是为何？就我所知，仅丹波本地的两三名收藏家，出于对家乡的热爱而略有收藏而已。

我曾数度造访尚古堂，每次都是如沐春风。特别是其家庭般的温暖气氛，在这种古董商之中可谓罕见。因此也曾多次受其热情挽留，而留宿店中。那段经历实难以忘怀。

我对丹波瓷的研究始于大正末年（约1925年前后）移居京都之后。最初吸引我的，是竖着的几条流釉，对其出彩的流釉手法很是心仪。记得第一次探访立杭的窑场是在昭和二年（1927）前后。同一时间在江州购入的黑釉柿色盐壶，在京都购入的黑釉白色蜡烛酒壶，都已作为插图早早登载在我早期有关民艺的几本著述里了。

但初次知晓那些让人颇为意外的宝贝，却是很久以后的事了。尚古堂于昭和十三年（1938）五月十六日，在大阪的阪急百货店举办了第三次丹波瓷专场展览。我与河井宽次郎一同前往，在惊叹之余也为民艺馆购入了几件珍品。尤其是一只有脚的铁釉角钵，与梳纹图案的花瓶（佛器）这两件尤其让人侧目。河井见了也是感慨万分。前者成为后来浜田庄司的角钵灵感来源，后者成为河井茶碗的样式源泉。这只角钵可谓是一流的茶器，但据中西氏称，采买时竟成了百姓家装鸡饲料的容器。

这次展览促成了我们对丹波瓷心怀敬意的机缘。为纪念这次相逢相知，特意编辑了昭和十三年八月的《工艺》第八十九号，想必还有很多读者记得。

这年秋天，昭和十三年十月二十五日，在东京的首次专场展也于上野松坂屋拉开序幕。陈列展品多达千余件，蔚为壮观。身处东京的我在第一天便拔足前往，可不巧当时正是经济上大不如意之时，所以仅只购入了一件，其他相中的数件名器都不得不眼睁睁放弃。而购入的这一件，是绝无仅有的鱼纹名品，至今也是民艺馆极为珍惜的宝贝之一。

尚古堂举办的十一次专场展会中，我仅仅去过两次，机会错失了不少。后来我又数度前往筱山，从大量的瓷器中每次都能挑得几件精品。友人总说："又有新发现了啊！"

在丹波瓷的收藏上，我曾经历几个阶段。最初正如上文所述，是因为被流釉所吸引。随处所见的酒壶正是将丹波瓷推而广之之物。但那时我的经验还甚少，并不知道流釉之外还有其他存在。之后尚古堂的展会扩充了我的视野，终于知道流釉之外还有图绘等多种多样的宝贝。有笔描，有筒描，其中特别是线雕与浮纹品年代甚为久远。这些佳品我都有收藏。此外还有白瓷素描的美品，有近似于宋窑的柔软味道。

而后我们发现，烧陶①器中也有些意外有趣之物。但

---

①烧陶：介于陶器与瓷器之间的品种。有陶器的柔软印象同时也有瓷器的强度。

最近让我大开眼界的是初期多有的那些"披灰"的柴烧陶。这让我的收藏有了渐入佳境之感。

所谓"披灰",是柴薪之灰直接落在陶器表面,并溶化成釉。所以可谓是自然釉,也可以说是人类的作品变作了自然的作品。这种"自然作品"有着人工所无以企及的深度,特别是火与土的馈赠,造就了其厚醇的品味。也就是说,有着以人类所定的美或丑的判别方式所无法探知的深度。人类总是以"吾力"自夸,但这自然之力却可以使之消失殆尽。

这种自然之力正是在杂器之中表露无遗,而对刻意的茶趣往往视而不见。前文也曾表述过,丹波瓷里真正的茶器是活在杂器之中的,而并非是住在刻意的茶器里。将来究竟会由谁在何时对此做一次必要的反省?

曾有一位茶人到访民艺馆,见到陈列品中那只红色的"披灰"壶时惊诧不已,竟称希望用自己收藏至今的所有茶器来换这一只。我虽无缘与这位茶人相会,但我相信终有一天茶人们会觉醒过来,会发现丹波杂器真正的光彩。而后,那些说杂器不入眼的蠢话也不会再度出现。民艺馆的收藏一贯都是以此真理为信条的,可惜的是,那天的来临尚需等待。

丹波窑的历史至少有五六百年，这么长一段时日所出产的瓷器自然不能说件件是精品，也有鱼目混珠者。正如适才所述，是由于误入歧途的茶趣、浅尝辄止的喜好，还有人类微小的骄傲与各色各样的谬误等等因素重叠堆垒，而瓷窑本就是自然烧损者多，技法的生疏未熟也是失败的原因之一。另外还因为价格便宜，在商家或批发商的粗暴对待中受损者或许也不少。特别是大量烧制的杂器类，绝非所有成品都是精品。

　　但也正是在这贫瘠的瓷窑里，生出了超越所有混杂、洋溢着日式素雅的绝色佳品。而背负得起这个名誉的，正如上文反复强调的那样，是深入民众生活中的那些杂器。

　　日本另外还有很多其他的瓷窑，而我最想让世界知晓的却是这丹波瓷窑的存在。为达成所愿，我在丹波瓷的搜集上一直抱有深沉的热情。就我自身来说，已从其深邃的美感中得到了种种教诲。可以说，此瓷的搜集过程，也正是我自身心灵的成长过程。我能明显感觉来自此瓷的巨大恩泽。

　　无论是历史学家、批评家还是鉴赏家，其惰性都是执拗的。但我总想以新鲜而丰富的材料来寻求历史观的改革。希望这事实能早日为大家所接受，让大家有新的感动。

京都早市

从大正末期（1925）至昭和八年（1933）满打满算九年时间，我一直居住在京都，可如今想来，应该多去看看这旧都内以及周边的文化遗迹。不只是那些渊源颇深的神社寺庙，还有近郊的村落与生活场景。而最不该错过的，是这古都传承至今的手工艺作坊。实在应该各处去探访一下，好好观摩一下技术工序以及各类成品。工艺种类之多让人叹为观止，而且其他地方无有一处能超越京都的。这是因为京都的传统最为久远。我虽曾草草看过几处，但实在应该更多更充分地去开开眼界。可惜已错失良机。

但这并非表明我在京都就白待了这么些年，其间让我相当感兴趣的事情之一便是早市，曾让我受益匪浅。而在此事上，河井宽次郎是前辈。

所谓早市，是在所定的时日与地点所开的市场，至少在早晨六点左右已开，商品从旧衣物到残缺的木梳，可谓

京都早市／

应有尽有。而因时日、地点的不同，有弘法早市、天神早市、坛王早市、北浜早市等，若是每个早市都去，一个月竟多达二十余天。其中规模最大的要算每月二十一号的弘法早市，地点在东寺的宽阔境内，每当早市一开，寺内便被各种器物塞得水泄不通。而与之匹敌的要算每月二十五号的天神早市，届时北野天神境内也是人山人海热闹非凡。

这种什么都卖的早市对我们来说极有魅力。我最初知道有这种集市存在已经是大正末年，早市最好的时期算是错过了。若是在大正初年，或更早的明治时期，想是定会碰到不少的宝贝吧。随着时代渐进，器物的质量也随之下降。我们常听商人们这样讲："近来什么东西都出不来了。"想必确是实情。

不过即便如此，只要去，还是可以有所发现。早市的器物会在五点到六点之间，由手推车运来。而早就等在那里的是各种小道具屋的伙计，若有值钱的东西就会先人一步收购了去。而就算六点以后再去也并非一件容易之事，我们一同出发前往时，最早也都过了七八点。逛早市的大都是京都本地百姓，若是天气也好，有时竟会挤得水泄不通。所以我们终究只能是挑挑人家挑剩的。

不过值得庆幸的是，道具屋与我们寻宝贝的眼光总是有所不同。所以我们即便到得晚，也能发现种种被埋没的好宝贝。在那些被绝大多数人遗忘的全不值价的器物中，各种佳品会缓缓现身。虽已不如曾经的早市，但却仍然是不能错过的猎场。所以只要不下雨，我们总会去逛逛那些稍大的早市。

这里想要先说一下俗语"粗货"一词，其实是我们从早市婆婆们口中听来的词汇。也就是说，我们所购的大部分物品，在婆婆们看来都属于"粗货"一类。初始听着觉得有趣，而且正好与"精品"相对，似乎可以明确区分性质。于是以此为契机，我们也渐渐觉得这个词用起来相当便利。所谓"粗货"，表现的是理所当然的便宜货的性质，正好可以用在民器、杂器等上。恐怕用文字来详述这个俗语的，我们还算是当之无愧的第一人。大正十五年九月发行的《越后时代》里，我们曾以《粗货之美》为题发表过一篇文章。

这个俗语或许是因为语调特点，或者因其猎奇之风，总之传播极为迅猛，使用范围年年拓展，如今已是无人不用了。连词典也不得不酌情录入。大概最初收录此词的是新村出博士所编纂的《辞苑》。

京都早市／

但随着此词在社会上的普及，除了其原本的用例以外，出现了各种错用，用以表达一些荒谬之意，或者出于兴趣而大肆转用，从而与我们原来所用以表达的意思相去甚远。因此我们的立场被各种误会与曲解，令我们极感困惑棘手。所以这次我们尽量规避此词，觉得有必要再造一词来代替，最终以"民艺"二字一锤定音。不过"粗货"这种表现极为有趣，有其自由与朴素之处，若是可以正常使用，定会是一个不错的俗语。

言归正传。在这早市上我们一同发现并感觉惊异的是俗称"丹波布"的一种织物。婆婆们简短地叫其"丹波"。我们后来才知道，这是丹波国佐治地区所出产的木棉织物，在本地被称作"格纹贯"。其特点是，纬线上未经染色的素白粗丝会被不时织入纹样之中。让我们一同惊诧的是其色彩的素朴、织物的温润，以及其格纹之美。此线本是手纺，色彩是草木所染。当时的时代除此以外别无其他制作方法。但其余韵十分丰富，就好似茶人们特别定做的一般。我们被其美所吸引后，每次一见有出品都是照买不误。这丹波布会在京都的早市出现，是因为京都大阪地区的人们喜欢用此布做被子面儿。偶尔丹前一地也有，但多是被子或坐垫的模样。这种布如今已经不流行了，所以用旧的便流通到了这早市来。据称，此布在幕府末期与明治初期出产最多。其丝线与色彩简直出类拔萃。若是早些时日为茶人所知，或许会用来制成茶包或是茶具袋吧。其中织作蚊帐的一类较为特别，是用各种剩线所织就，其格纹极为美观。我曾用此布裱过几幅大津绘，简直是绝配。于是此布之妙一下子便经由我们传了出去，连卖布的婆婆们也特意为我们着手搜集。现在民艺馆藏品中经常陈列着的，全都是这一时期收获于早市的宝贝。将来编撰日本棉布史的学者，一定不要忘记此布的存在与其价值。或许还会被重新大赞为名贵织物。

另外，此布虽已废弃了半个世纪以上，而近来开始以丹波水上郡佐治附近的大灯寺为中心，着手复兴此布的计划，纺线人、染色者、织布人都开始了倾力协作。

我们在早市上的收获不止丹波布，我自己中意的和服也找到了不少。比新品更加结实而且优秀得多的和服相当多，即便三十年后的今日，也还有继续在穿的。可见质量的确上乘。或者应该更为恰当地说，织者实在心灵手巧。

除了和服以外，我们还购买了很多所谓"布条织"（或称褴褛织）、"碎线织"（或称随意格纹）等等。这些布买时并不曾清洗过，很脏。拿回家被内人好一顿数落，埋怨都不知是怎样的病人用过。她说得倒也在理，因为很长一段时间我们都被其气味所困扰。医生吉田璋也君很是担心，将其强制消毒了一回，于是这一段家庭纠纷才最终得以圆满解决。这些布类如今都收藏在民艺馆里。

早市什么都卖，除了布类，还有陶瓷器、漆器、金器等，包括木质竹质的工艺品在内，很多都甚为有趣。而且全是便宜货这点也毋庸赘述。因这早市，我对丹波瓷感觉更为亲近了。谁都说与曾经相比，有趣的东西少了很多，但这早市还是让我们心心念念，因为总会有出其不意的好宝贝在等着我们。

这样的早市是不会有那些有名的古董出现的，所以全然不需要对物品的评价之类。而正是在这样的地方，人们才能随心所欲自由地选择。这大概是早市最有魅力的地方吧。这样的场所不需要所谓知识，没用。必须靠自身的直觉。只要直觉发挥作用，器物便会欢愉地自动现身。

经常在民艺馆里展出的全绿釉、指搔纹的大捏钵等也都是在京都早市的收获。那天我去得很晚，九点左右才出发。弘法早市的宽广境内到处是各种器物。因时间已晚，很多人都准备折返了。我忽地一瞥，发现一只大捏钵正在席上熠熠生辉。这让我无比惊讶，连忙问价钱，却仅仅只有两日元。那还是昭和四年（1929）左右的事。我二话不说即刻将其买下，并让商贩用绳索捆好。

这实在是荒诞，那日已经有上千的人早早奔赴早市，更不用说那些道具屋的伙计们，都曾眯缝着鹰目到处搜寻宝贝。可这么大一个钵，如此精彩而珍稀，却无人问津，这到底是怎么回事？而且对方喊价才仅仅两日元。我见其被草草搁置在地，简直觉得可怜，还能不即刻买下？

不过那是一只直径二尺的大捏钵，拿取也不方便，而且重量不轻，将其搬回煞是费了一番苦心。更何况从东寺到我家所在的吉田山，可谓横贯京都之旅。坐电车东西嫌太大，而那时的出租车又少又贵，到家的车费比这钵本身还贵。我记得当时回到家里简直累得气喘吁吁。而将其置于地板上眺望时，一种绝妙之感便很快把我的困乏一扫而光。谁都不愿多看一眼的这种捏钵，现存之物极为稀少，如今二十多年已过，其间我仅只见过四五件而已。其中一件由我从鹿儿岛购入，所以民艺馆现在收藏着两件。仓敷民艺馆里也有一件绝品。

在经过反复研究后，我们得知这捏钵是肥前庭木一地所产，还专门去探访了古窑遗迹。时期大约在德川中期。

另外顺便提一句，还有一种大捏钵，白底上以雄浑的笔触画着大松树。常见一些水瓮、酒壶上也绘有松树，明显是相同系列。我最初见到那只松绘大捏钵是在信州小诸的道具屋里，后来也找过水瓮，但当时全然不知是哪个瓷窑的出品。昭和初期连研究陶瓷史的学者知识也甚为有限，问谁都说不清楚，只被告知大抵是越中濑户所产。

我最初介绍这只大捏钵是在昭和三年（1928）正月的《大调和》杂志上。那时还没有发现瓷窑产地，确切的只知是九州所产，至于民间瓷窑，谁都不曾做过研究。

昭和三年中，首次知道在筑后二川曾出产过这种钵或瓮。这个发现我曾在《工艺之道》上做过解说。而以此为契机，这种陶瓷器在世间便被称作"二川"了。而后随着九州古窑遗址的发掘，我们才知若是追溯传统，二川之前有弓野，而弓野之前还有更为古老的。当时这种捏钵，是百姓家庭的必需品，在肥前一地制作了很多。前文所述的庭木，以及小田志这些地方的产品从广义上来说都是同一源头。

捏钵大都是松绘，其他陶瓷也有梅、竹、兰，或者岩山之类，图绘并不单一。现在总算是有了些经验与知识，可以稍窥其全貌了，但这一步步走来却是花了不少时日。日本的民间瓷窑数量极多，分布区域又广，其废兴也是常事，今后还会有怎样的宝贝现身是极难预料的。在这种情形下，即便把一处瓷窑吃透了，也无法断定所有一切。可以说，日本的民间瓷窑就仿佛迷宫，历史学家们仍然被困在里面找不到出路。

总之，这种京都的早市在东京是见不到的，至少没有京都这么丰富多彩。在世田谷有知名的褴褛市，但并非每月都有，而且上市的器物也少有变化。银座的夜市倒是吸引了不少客人，但后来终究难以为继。能与京都早市比拟的，还有北京的鬼市、巴黎的跳蚤市场、伦敦的加里东期市等，无论哪个都极为有趣。这些市场与一本正经的古董商的店铺大不一样，可以随意来去，也能自由选择，说不定就能碰到极为便宜的珍品。这便是这种市场的魅力所在，到底会遇到什么绝对无法预知。所以无论谁都得靠自己的眼睛，需要做到心无旁骛。就仿佛踏入了一个未知的猎场，有着行情以外的世界。而正是这样的市场，让我等感激涕零，因为总是可以在无意间碰到那些毫无名气却精彩万分的宝贝。

京都早市／

那霸古衣市

(一)

那是在硝烟弥漫的冲绳,更不用说被炮火当做目标的首里之丘。曾伫立在此的博物馆,竟片瓦不留化作了灰烬。馆内收藏的众多贵重文化财产,如今都不知去向,踪迹全无。另外同样饱受战火荼毒的还有那霸。那霸曾有一座图书馆,由三代名馆长(真境名、依波、岛代)费尽心思搜集的万卷书、真正的无价之宝,也都烟消云散了。这对冲绳的仰慕者来说,实属断肠之痛。诸多古刹、旧迹、名器,大部分在其生命的最后都遭遇了残暴对待。到底该责怪谁?该来的总会来,都是人类的罪孽,是逃避不了因果报应的。谁都是有罪之身。

也是因缘所致,为防患于未然,我曾与朋友们合力保护了部分冲绳的文化财产。众所周知,位居东京驹场的日本民艺馆，现在是唯一公开的冲绳工艺保存场所，无论数量还是质量，都是其他地方不可望其项背的。在此，我想说说这段因缘。

冲绳之物，本就以其独特的美赢得了收藏家的喜爱。其中评价最高的要属红型[①]，其绚烂之美，总是夺人心魄。冈田三郎助、山村耕花两位画家算是最为热心的收藏家。可他们宝贵的藏品，也都因主人的过世而四散开去。也曾有几位商人搜集这种布类，但终归是为了买卖。也不知最终被卖到了何处，而且为了方便都被裁作了可怜的小片儿，卖得七零八碎。每当见此，内心都有撕裂般的痛楚，不只是我。商人们原本就不会真正保护冲绳。还有几位医生、教书先生、公司职员等长期滞留冲绳的人也有过收藏。其中定有优秀的藏品，但可惜如今都没了消息。

往年启明会[②]曾派了伊东忠太博士、镰仓芳太郎氏去冲绳调查。鉴于搜集时期尚早，定是做过充分选择的。汇报倒是看过一两篇，但其资料至今也未曾公开，不知最终结果如何。很是可惜。

[①] 红型：琉球传统的一种染色技法，使用版面模子及其他方法制作。通常色泽鲜艳。
[②] 启明会：1919年由下中弥三郎发起的最初的教职员工会。

冲绳的尚顺①男爵,以其地理位置之便、经验及学识,收藏了很多不平凡的珍宝。这位岛上的王族末裔,也曾对我们一行恩顾有加,但可悲的是他却因战火府邸被烧,藏品全化为灰烬。而他自身与大多数家人也都遭遇了极其悲惨的命运。在此只能祈祷其冥福了。

居住在东京的尚裕侯爵,其府邸虽也被毁,但储藏室幸存,一些贵重的冲绳珍宝才得以保全。虽数量甚少,但其极高的品质与价值是毋庸赘言的。

陶瓷器等其他的收藏,那霸当地的又吉康和、山口全则、原田贞吉等人的藏品也都可圈可点,但可惜的是都因战火而殒灭消亡,三位收藏家也已作古。听说现在只有山里永吉氏一人,还在致力于从战火灰烬中拯救藏品。

若是没有战争该多好!冲绳的文化财产之失实在令人扼腕。

（二）

我去冲绳的时间相当迟,还是昭和十三年（1938）末,应了当时县学务部长山口泉氏的邀请而前往的。此次

---

①尚顺:琉球国末代国王尚泰王的第四子。

渡岛，终于有了达成所愿的机会，这让我一直心存感激。在出行前，我拜访了长期滞留冲绳的浜田庄司。浜田说至于收藏品，因时期已迟，恐怕已经找不到特别有价值的了。我也认为如此。

如前文所述，冲绳之物特别是红型，很早就受人关注，当时已有很多到了内地。因此这个时期到访，不能抱有太大的期待。无论织染物、陶瓷器还是漆器，宝贝定然大都已出尽。而且无论怎样都只是一座小岛而已，能作为收藏品的本来就并不甚多。想到此节，我只后悔没有早些前往。

此前本有一次绝好的机会，那还是大正中期。尚家的尚昌侯爵跟我是同学，当时我在朝鲜的搜集工作刚好告一段落，于是便与侯爵相商，想多知道一些冲绳的美术、工艺类，而且希望有机会眼见为实。侯爵回信道："一定尽我所能，请放心渡岛来访。"我很是高兴，开始着手准备，连出发日期都定好了。可是，突如其来的讣告让我震惊受挫，尚昌侯爵竟不幸过世。现在想来，若是大正中期就去了，我的收藏该有多大的收获啊。之后也有数度策划过冲绳旅行，但终究机缘不合，竟二十多年过去了。

那些年我多次前往朝鲜，还经手了木喰上人的研究，一直很忙。至昭和年间以后，我们设立了民艺馆，以新收藏为志，于是又再度想起了冲绳的美品。但说到红型以外之物，我的知识见闻极少，到底在那些岛上能发现什么全然没有预期。

这次受邀冲绳县学务部，我们终于有了一次得偿夙愿的机会。只是时期太迟让人惋惜。

不过最终结果却是意外的。正如前文所述，如今只有民艺馆的藏品，在公开的冲绳收藏品中，无论质量还是数量都是日本首屈一指的。而这些珍贵的藏品大部分都是那次以来数度访问的收获。也就是说，都是昭和十四年（1939）以后的收藏。这已是大多数人已经搜罗过后的事了，因此可以说实在是超出预期的意外收获。

不过这到底是如何做到的？当然不会是因为财力丰润，我的钱包可谓相当乏力。如前文所述，当时的物品已经不如明治、大正年间那般丰富，所以只能再次以新的眼光来看这些冲绳之物。首次渡岛，目之所及，印象都甚是新鲜，我可以自由地驱动眼力搜罗那些还未被人们所注意到的宝贝。令我惊奇的是，漏网之鱼竟如此之多。不管有名无名，只要是让我动心之物，都毫不客气地买了下来。正因为是些人们都不曾留意到的东西，就算是我的钱包也够了。

三

让人感念的是那霸也有两三家道具屋，我也曾数度前往。但相较之下，最让我开心的是那霸的野天市，只要天晴，每天傍晚六点左右便会开。特别是古衣市，极为热闹，是我每天必去之所。

此市的光景简直犹如图画。在漂亮的长柄大伞下设一个微微倾斜的小摊儿，其上妥妥地摆放着古衣。摊儿前，身着冲绳装的婆婆们个个精神抖擞，有时会冲杯"泡泡茶[①]"彼此对饮，此番光景恍若隔世。

（顺便提一句，长柄大伞是相当原始的形状，在内地只有少数僧侣或神官出行的时候才用，平时已见不着了。"泡泡茶"与山阴地区偶尔得见的"蓬蓬茶"相似，以前被称作"桶茶"，而在冲绳至今都还以相同的方式，在罐里用大茶筅打出泡泡，再盛入茶碗里喝。这旧时的风俗在冲绳仍随处可见。这与抹茶的点茶手法，到底哪个更为古老却是个有趣的问题。）

言归正传。在见到古衣市的瞬间，我便双目生辉。几

[①]泡泡茶：十六世纪从萨摩（日本九州西南部）传入琉球，以炒过的糙米粉为材料打出泡泡并盛入茶汤中。

乎所有的都是纯粹的冲绳之物，且全是草木染色的手织品。这些在岛上出产的物品，没有赝品没有俗物没有任何让人不快之物。有名的红型，或许是大部分都被内地买走，绝少见到真容。不过代替红型的，是那些丰富的手织物，而且重重叠叠摆在眼前！为何会有这么多精彩的织物会出现在街上的古衣市里呢？

或许是因为红型的绚烂夺走了大多数人的注意力，而织物被晾在了一边吧。与染物相比，织物更为古朴素雅。但如此众多的美品却到了古衣屋的手里，到底是何原因？质地尚好，色泽鲜丽，花色亦美。询问之下，得知唯一的理由是过时了。但就我们来看，根本就是能走上流行先端的宝贝，只是岛上的人自认为本地之物卑下，而盲目认为内地商人带来的才是新时代的东西。虽说这显得很愚蠢，但内地其实也一样，认为日本自身的东西已经跟不上潮流，所以模仿西洋之辈多如牛毛，实在无颜非难冲绳。

但对我们而言，这是何等幸运之事。这些被废弃的衣物正是我们需要的，而且多如山丘。所以内心催促我，必须每日前往。我有很多的收藏经验，但有如此丰富的选择余地，除朝鲜之物外还是首次。这正是黄金时代，就算明治大正时期更好，现在也是黄金时代。

那霸古衣市／

因为是过时之物，价钱也是惊人的便宜。大部分的古衣我都是在三至六日元之间买到手的。卖价十日元的都是上上之选。在本市场我所购的所有古衣中价格最高的是十八日元一件，且仅有一次。而且可以随意挑选，简直奢侈之至。我所带去的钱款被用得干干净净，但还有好多不买不甘心的，于是又向山口借了三百。如此这般好机运，竟让我觉得明治大正年间没去也没什么可后悔的了。

我跟卖古衣的婆婆们很快熟识起来。可能也没人像我一样天天在这里逛来逛去的，所以我一出现大家就招呼道："呀台，卡乌咪索勒。""呀台"听起来也像是"呀特"，相当于"喂"。"卡乌咪索勒"是"可来买否"的冲绳发音。众所周知，冲绳一直沿用镰仓足利幕府时代的日用语言，所以是候文[①]。她们的声音似乎至今都还在耳边流连。我去的次数多了，婆婆们就先把我所喜好的品种收集起来等我，所以我的收藏只好渐入佳境了。

婆婆中，有一位喜久山大妈，是添采氏之母，也是浜田等熟识之人，曾对我们都恩顾有加。她有关冲绳织染的知识与经验，比我们都多得多。

[①] 候文：日本中世至近代所用的一种文体，属变体汉文，多在句末用助动词"候"字表述。

(四)

昭和十三年（1938）末至十四年正月，我第一次到访冲绳，随后又去了两三次。其魅力之一便是这古衣市的存在。古衣质地各种各样，除了绢、麻、木棉之外，还有芭蕉布，甚至初次得见的桐板（兰科植物的纤维）等。纹样也甚多，有条纹、飞白花纹，还有两者合二为一的手缟①纹、罗、花织②、道屯织等等。飞白花纹里还有特别美丽的彩道花纹。在质量上，首里的算上等。那霸之物、读谷山之物、今归仁之物、大宜味之物，还有久米岛、八重山、宫古之物，产地各异，但均各有特色。形态也是多种多样，带、手巾、包裹布等都有其各自的美。

最丰富多彩的要属飞白花纹类，其纹样的变化极多，各类名称也让人感觉亲切。

如此繁多的美品都在我面前一字儿排开，我的心想不雀跃都难。今日民艺馆数百件藏品，都是来自冲绳的馈赠。

这么精彩的古衣竟被冷落，正如前文所述，是红型太

---

① 手缟：冲绳王家专用织染的一种。
② 花织：冲绳王家专用织染的一种。

过耀眼的原因。但在美的程度上，冲绳的织物绝不比染物差，无论纹样还是经纬之法，都更有冲绳韵味。所以能让其位列名物榜的，绝非只有一两件。特别是飞白花纹类，可谓天下第一。其他日本各县，再没有一处能赶得上冲绳织染界的丰富多彩。

另外我们还有幸得到几件红型。而且除了织染物，在陶器的收藏上，民艺馆现今也几乎是作为美术馆唯一的存在。其他漆器、木工、皮工、竹工等也都十分有看头。（无法购入的有相当漂亮的石雕、石灯笼、绘画等，特别是石灯笼，其美是远远凌驾于内地之上的。）

不过，这些物品在被购买、收集、装运并送往民艺馆时，岛上的人却认为贵重物品岂有带到县外之理，于是在报纸上对我们大加非难。（那时还因为方言问题，我们与县厅正处于对立时期。县厅要灭绝冲绳方言，以标准语规范用语；但我们认为方言的价值不可无视，不如方言与标准语同时使用更为恰当。）

有趣的是，我们到访之前，这些物品都明明白白在他们眼前放着，而且价格更为便宜，到手更为方便，但他们却正眼都不瞧一下。也没去管到底有些什么，甚至没管到底是否存在，更别说关心它们的价值了。那时候这些保护政策呀有热忱的官僚之类都是不存在的。若是他们先于我们把这些珍品收藏起来，我辈大概是无缘出手的了。所以我们才热心地告知他们这些宝贝的价值，告诉他们需要妥善保护起来，谁曾想他们竟给我们出了这样一道难题。若不是我们要收藏，那其价值岂非一直无人认可？谁还当它们是宝？就是因为非难我们的人懒怠的缘故，民艺馆才要替代岛民们把这些文化财产守护起来。但最后终归还是有幸。若是就那样把所有搜集到的都存放在了冲绳，恐怕如今都已成了战火炮灰了。这也是大多冲绳人对我们的收藏心存感念的原因。民艺馆总是经常性地陈列着某些冲绳的佳品。

"国破山河在"这句诗大概可换作"岛破民艺在"吧。民艺馆的藏品无时无刻不在表现着其所代表的岛的不灭价值。

我们的这几次渡岛经历，发表在两本《工艺》（昭和十四年十月刊及昭和十五年十月刊）杂志上，用了大量插图，并耗费了大量篇幅。另外民艺协会出版的《琉球织物》（田中俊雄著），以及《琉球形附》（芹泽銈介著）中也对此有更为详尽的介绍。昭和十四年（1939）末，在东京高岛屋开过一次庞大的"琉球工艺近作展"，民艺馆也曾几度主办了冲绳佳品大展。我的著作选集第五卷里,最近发表了以《琉球人文》为题的文章。

大概是时机成熟了的缘故吧,我们曾被冲绳的风物之美所吸引,爱其风土民艺,并搜集佳品,最后得以在公共场所向所有人展示。想来正是冲绳的岛民们曾热忱迎接我们的结果。也算奇缘了。古人有"宿世之缘"的说法,不得不让我们感慨万分。

其后,与冲绳之缘曾一度因为战争而中断,不过内地的冲绳物品收藏却渐次集中。值得一提的是,水谷良一氏的五十件藏品也有幸并入了民艺馆中藏品里。这些原本是尚家一门的护得久朝章氏的收藏品,是极为高品质的红型与织物类。当初向水谷氏推荐的正是我自身。我记得,那时这一批宝物价值总额两千日元,远超我的购买能力。

一片悲戚的首里之丘上,近来排除万难重建了一座博物馆,首代馆长是与我们熟识的原田贞吉氏。在废墟中找到的那只厨子瓮,也正是这位原田先生特意寄赠给民艺馆的,每次将其陈列之时都会感念他的恩德。然而今年春却突如其来听闻了讣告,实在悲恸之至。如今见到厨子瓮,也就见到了原田先生。

昭和三十年(1955)十月记。

有关收藏

序言

　　世上有许多人都喜好收藏,我也属其中之一。不过,要做一个真正的收藏家却并不是那么容易的事。首先要有相当的心理准备。人总以为收藏的只是物,但物所左右的却是心。只看物,是收藏不了的。因此,优质的收藏是少之又少。

　　在收藏界,还须得遵从法与道。若是误入歧途,便成为毫无价值的行为。需要考虑的东西甚多。其中有两个主要问题。收藏是一种占有,所以首先便是拥有方式的问题。若是拥有方式不对,还不如没有。其次因为需要搜集,便出现了选择方式的问题。若是选错,等于不选。对这两个问题的探考,便是本文的主旨。

　　上篇讲述对物的拥有方式的注意点。序言里有对收藏之心的表述。收藏本就与欲望相连，很容易沾染污秽。而我们的收藏行为不能单单为了满足私欲。拥有与私有是不一样的。

中篇是对拥有物的备忘录。拥有无可厚非，但拥有毫无价值之物的愚蠢却应当退避三舍。在选择方式上，有很多易犯的毛病。搜集需要有正确的标准。否则很容易选到一些本不应该选择之物。收藏品必须是正确搜集而来的佳品。

下篇是结论。论述什么才是真正正确的收藏。优质的收藏是对物的价值的一种守护与彰显。若是更进一步，会成为一种开发，甚至引导出新的创作。

谁都有收藏的自由。但这自由应当活用还是封杀，对我们自身来说责任重大。我们当中有谁又在进行着怎样的收藏呢？我们必须好好考虑清楚，自己为此都在做些什么。我反躬自省这多年来踏足收藏的经验，将把自己觅得的真理罗列出来。希望本文对后来者有所裨益，让其不再经历无益的彷徨。

上篇

（一）

　　收藏是一种心理上的兴致，也是一种生理上的癖好。二者合一，便极易使人上瘾。或者可以将之归结为一种本能。一旦这种本能苏醒，将令心无比忙碌。沉睡中的人是不会收藏的。若是冷眼旁观，可以拧出其中的蠢来，所以理性的善于整理之人也是不会收藏的。进入此中门道者，无论谁都会上瘾，比"知"更为忙碌的是"意"与"情"。而瘾越大，则人就越难以约束自己，会远超计算之外。倒可以认为是收藏令人变得勇敢。但退一步讲，那是漫无目的的勇敢，只知前进，不知后退。一旦后退，收藏也随即终止。计算会让人失了志气。可若是没有无论怎样都要买下来的热忱，便谈不上收藏。只要看中了，是无论如何都想买下来的。而其间所遭遇的难关，会令收藏之心更加蠢蠢欲动。若是从未遭遇难关，那在此道便算不得出色。而每月都能在预算内购入，也算不得通晓了此道的奥义。因为这种方法必然要做到冷静。收藏会常常伴随着对预算的忘却。甚至有时即便是借钱，即便是用各种手段，也会坚决地想要买到手。虽然最终失败会很心痛，但让人敢于冒险的这种瘾，正是收藏渐入佳境的明证。虽然在一般人眼中简直是愚不可及，但真正达到这种愚蠢之境了却是妙不可言的。人们总是倾向于对这种愚蠢嗤之以鼻，要那样旁若无人地愚蠢下去，需要有一种善于忘记自我的性情。宗教信仰者会满不在乎地将所有财物供奉给神灵。而会计算的理性之人绝不会那么做。倒是可以认为，正因为有某种热衷，才更显得有人味儿。没有缝隙的完美之人，总是会有某些缺少人味儿的地方。

据说画家伦勃朗为了搜集名画花光了所有的钱，最后贫病潦倒，凄惨过世。或许人们会惊叹那可是位大画家啊。但可以说，正是因为伦勃朗有着一颗纯净的心，才能那般热衷于某一件事，才能对绘画之美有着超出常人一倍的感受性。无论多贫穷多困苦，都不比买到画时的愉悦更强烈。贫穷可以忘却，画却忘不了。所以大概对他来说，贫穷之类，终究是无关紧要之事。

喜欢古董的茶人，总是热衷于到处寻访茶器，这里面的故事也是极多。在名器面前，钱之类简直轻如鸿毛。而大名们在想要的物什面前，大概城池看起来都小了一圈儿。对物的珍爱之情并不难体会。若是对茶器都冷冷淡淡，那还谈什么茶事？在一般生活中，茶事之类就是多余的玩乐，所以茶器之类的有无，本也是无所谓的事情。但能热衷于这种无所谓之事，正是收藏的乐趣所在。人若是没有这点儿余裕，生活岂不冰冷寡淡？

（二）

人们总是以为只要有钱就能搜集器物，但这只是片面的看法。器物的搜集，财力固然重要，然而更为重要的是热忱。所以即便钱财不足，也可以用足够的热忱来弥补。而用钱财找寻不到的，甚至也能因热忱而悄然现身。虽说是人在购买搜集，但奇妙的是，器物总会自己向寻求者靠近。仅靠钱财是搜集不了的。或者不如说钱多反倒会阻碍美品的出现。而若是财力足够，收藏的乐趣恐怕会少很多。因为对物的爱，会弱很多。没钱就买不起、没钱就不能买之类，皆是谎言。有钱也不一定买得到。有钱也不一定会买。而且钱用得越多，所买之物也不一定就越好。好多东西是钱所买不到的。优秀的收藏有超出钱财的力量在运筹。收藏与空钱包总是关系良好。若是有钱，而没有将其用光的觉悟，便算不得真正的收藏。收藏是一种冒险。

可以称之为一种非合理性的行为。而只有达到非合理性的境界，才能真正做到。较之合理性行为，这有着更为奇妙的作用。

也有人认为收藏是一种消遣。这其实也没错，但需要明白一点。这世上所有的美好，都是超越利害关系而生的。器物要成为一种消遣并不容易。在利害关系的算计之间，还只能处于遥远的"游戏"阶段。不必要的收藏，是这世上必要的花费，是无用之用。而正是因为收藏，世界才进化至此。

有人问为何要搜集这么多不必要的东西。不过，这里没有能回答"为何"的合理性解释。搜集也并非因为这是必要的花费，而是因为另外有吸引人心的所在。搜集者总会在器物之中找到"另一个自己"。而所集之物，一件件都是自己的手足兄弟。亲人们都在这里邂逅，可以察知自身与所集之物之间，有一种深远的因缘。从自己的收藏里，收藏家可以看到自己的故乡，可以体会这种愉悦。若是从来不曾与之相逢，那该有多悲凉。那无疑是遗憾的。追求之心，没有终点。

收藏，是对器物的一种情爱。购买，是为了促成这段机缘。而搜集的过程，可以增强这种情愫。而情愫的增强，又会再度引发购买。若是不买不集，这种情愫就会淡化。也可以认为，不买不集也无所谓是因为心没有被其吸引。而一旦心思淡了，理解也就淡了，因此不妨说收藏也是增强对器物理解的一条路径。因收藏，对真理与美的理解也会宽泛很多。由此，才要让更为众多的器物被发现、被认知、被守护。优秀的收藏可以提高世界的价值，因为完善了对世界的展出。而无论谁在鉴赏之时，都不得不心生感慨。

三

然而，收藏是与欲相连的。在此意义上可算是一种烦恼。正因为收藏有这样的一面，才时常跟危险相伴。收藏在不知不觉间便会超越常识之外，若是误入歧途便会失了常态。而容易越轨的欲望常常会成为一种病态。应该对此有足够的小心。比如"藏书狂"等词，已表现出了足够令人担心的症状。若是占有的欲念太过病态，便容易落入非道德的地步。欲是很容易把心拽入贪婪无耻之境的，因为欲的肮脏的一面会轻易出现。还有一个故事，说的就是一个和尚为了得到书，铤而走险去偷盗。听说还有人因此而自杀。到这种地步无疑是有害的。冒渎自身、困惑他人，皆不可取。导致丑陋的行为就很扫兴了。

不过这么些变态行为，只需加强反省，是可以防患于未然的。多一些道德性的意志力，也不会出现那样的行径。但要注意的是，在外虽然可以做到不犯罪，可犯了内面罪行的人却不少。收藏是对物的拥有，这经常会只以一种占有欲的形式而终结。其目的不是为了体会物的愉悦，也并非为了与人分享愉悦，只是为了占有而占有。这算是收藏中丑陋的一例。

无欲当然就不存在所谓收藏，但仅有欲就显得肮脏。以欲始、以欲终，则冒渎了器物，也冒渎了自身。若仅为利己，生活也将黯淡。在欲念发起时，却没有欲念以上的器物现身，收藏的意义就浅了。需要有某种超越自身的东西从中闪耀才可。仅为了一己私欲，便相当于从他人手里夺物。因收藏而受人感念，要得是这种性质的收藏才行。正确的收藏，不仅不会在个人的欲望中死去，还能让更多的人同时分享到器物的愉悦。若是收藏被私欲囚禁，则可算作可耻的行径。在收藏上，人首先得是高尚的人。搜集好的器物，同时要有相应的好的行为。私占器物而被认可的，是在个人私有对他来说有特别价值的情况之下。但若是仅仅私自占有，却无新的意义生成，便不再有私自占有的理由。优秀的收藏并非私事。拥有并非简单的私有。

（四）

我听说，有人花费数万日元买下一幅古画，由古董商将其送来后，却不瞥一眼即刻锁进了储藏室。这让人感到很不可思议。可以认为这人并没有欣赏古画的愉悦，只是买下来私自占有了而已。只要宝物存放在库里，就满足了。连一个让自己欣赏的机会都不留，更别说会跟他人分享了。无论古画是怎样的图画，用了怎样的色调，有些什么特色，对他自己来说连记忆都没有，甚至连记忆的兴趣都没有。只多了一样东西的记录是确切的。其中有没有赝品也不知晓。这种让人难以理解的收藏家这世上并不少见。

有句俗语叫"门外不出"，珍藏宝贝，不让其受损是必要的。所以收藏可算作一种保护的手段。收藏是离散之物的邂逅，要懂得对物的珍惜。不过次次取出让人观瞻也很麻烦，特别是一些易损之物，经常性地拿进拿出是一件危险的事情。而给一些不愿看的人看，有时候也并不必要。另外还有人手不够无法取出的情况。但就算考虑到这些方方面面，却仍将收藏品当做单纯的私有物，那是死藏，不能叫收藏。那只是一种堆垒，或者贮藏。因为器物不能因此而活，而所有者也没有机会利用。当人们都失去了欣赏的愉悦时，当所有都成为私占物时，这种收藏被称作犯罪也无可奈何。器物只藏于高墙之内，等于一种隐匿，说严重点儿，便是对器物的囚禁与杀戮。

自古茶器便有这种倾向，不为人所观瞻，不为人所使用，连其所在都秘而不宣。而且人们热衷于找寻各种理由来认可这种行为。说什么应珍藏之物与应公开之物不一样。还偶尔会有人说，不用是对器物的尊重。但这些说法之中，有利己的影子存在，因为较之对美品的赞赏，将之秘藏的兴趣更大。若是真正对器物有爱的人，则一定会将此愉悦跟人分享的。想让人观瞻的愿望远远大于不让人看的私心，这才自然。这样心情也会明朗。茶人之心有时看似狭窄，那是因为对器物的诚实的爱还不够。更多的兴趣被注入了不纯净的地方。对物的爱应该率直。物，可以联络人与人之间的友爱。器，至少应让心与心得以相逢。只徒然将器物秘藏，难道不是与茶道精神相悖么？茶人的志趣不能变了味儿。茶道祖先的真意，一定没有停留在那些地方。茶器不能在私占中死去。茶器应该是人心和合融洽的场所。

收藏最重要的一点,是拥有方式。因拥有方式的不同,物可生,亦可死。而人的心也会随之开朗或沉寂。对物的拥有,不可在拥有方式上做错。

○五

收藏有时是不纯的。为了增值而搜集的,便是这一类。比方说有人频频购买新画。若是为其美所打动而收藏无可厚非,但有种搜集者,是为了待价而沽。这便是将绘画当做了投机的道具。收藏到了这个地步是悲戚的。

所购之物是否恰当,是否是美品,对这些人来说无关紧要。他们关注的只是能否高价卖出。他们的兴趣不在购买的愉悦上,而在卖出的欢喜里。这与其说是收藏,不如说只是买卖。因为这只是把器物当做一种钱财的置换方式。这种不超出利己范围的事情,拿出来论述的价值也少。就算器物实质不脏,但在目的上已是亵渎。这些人没有对物的单纯的愉悦,遑论虔敬之心了。收藏家必须要跟古董商不同,面对眼前的美品首先想到的是利润,这很耻辱。

另外还有人以收藏为手段，来确立或稳固自己的社会地位。这样的收藏是一种社交媒介。即是说，把重心放在了物的利用价值之上。曾经有茶人就是这么做的，身为下贱却因器物之便而能跟太阁相交。所以这种情形，并非是对物有爱，而是对物的利用有爱。这种收藏也是不纯的，而且并不能因此成就一流之境，对物的拥有方式也没有再度变得澄澈的可能。待其没了利用价值，便会弃如敝屣。这种人对物是不会有怜惜之情的，充其量只满足于大量购买，与在客人面前的显摆。不是为了让人观瞻，而是为了接近客人。这种人是不会对物有认真的看法的，所以不要去期待会有意外的收获。利用收藏的人，其心会随着器物价值的坍塌而坍塌。而真正对物有爱的人，为美所打动的人，反倒不知道如何去利用。

收藏与利益相连时，无论其性质如何，都是没有未来的。或是作为风雅的道具，或是用以换取社会地位，或是为了置换财物，都可谓是一种亵渎。无法超越私欲，便没有优秀的收藏。

对物的拥有无可厚非，但拥有是要讲究深度与纯净度的。

六

在此，有一事应该添上一笔。收藏虽说是源于私有欲，但能超越私欲，将藏品公开，甚或转交美术馆却是一件美谈。因为完成了从私有物到共有物的进化，而且完成了从个人意义到社会意义的升华。

或许会有人说，器物没有比被个人所爱更为熠熠生辉的时候了。而且器物也只有在那时才会被更为温柔地爱。这有其真理的一面，器物在好主人的关照下是最光彩照人的。而且美术馆大多时候并非温柔的主人。在对物的理解缺失时，器物只是被事务性地处理对待。所以我们常常会看到这样已经死掉的美术馆。但若是与之相反的美术馆，器物便有了更为广阔的生活空间。

若是个人所有，当主人过世，对器物的保障也就随之消亡。对个人收藏来说，如果没有特殊情况，器物总是会遭遇离散的命运。这件事无法对其子孙有所期待。收藏的价值不在"个别"而在于"集中"。若是能转而成为公共之物，那其价值便有了根本的保障。而且藏品越是卓越，便越能吸引观瞻者的心，成为万人所愿亲近的器物，也同时成为让万人所亲近的器物。公开展览是合乎人类理念的。今后的人类，无疑会朝着这个理念进发。虽然个人也可以做到不辜负器物，但公有可以让其更有作为。而且越是高尚的人所搜集的藏品，便越能因公开而发挥更大的作用。藏品的优秀，不应该被私有所局限。在共有意识下的收藏才是最为意味深长的收藏。这便是把公开当做一件美谈的理由。

我在今后美术馆的社会性意义的重要程度上有着切实的感受。我殷切期待着能借此唤起所有收藏家们对社会贡献的良心。私有是一种拥有方式，共有是另一种更为大气的拥有方式。（有着极为卓越素材的日本，美术馆的藏品却仍然贫瘠的原因，在于一般个人并不真正了解收藏的社会性意义。）

中篇

（一）

收藏有一种难以对付的病。这种病比狗的犬瘟热还多，未患此病的人可谓少得令人意外。这与其说是收藏的病，不如说是附着于收藏之物上的病。不是拥有方式的错误，而是搜集方式的错误。在某种意义上，这种错误更为致命。不是拥有的错，而是拥有了本不应搜集之物的错。不论搜集来多少，但若都是些无聊的东西，简直无计可施。在搜集上，这是一出愚蠢的戏剧，适才所谓更为致命的错，便是这个意思。这世上没有存在理由的收藏实在是数不胜数。

所谓收藏，范围极广，性质各异。我将之分门别类并逐次解剖，全都拿来细细诊察一遍，好好品味一番什么是错误的收藏，什么才是正确的收藏。希望诸位收藏家们自省一下自己的收藏应算作其中的哪种。这是对各种各样病症的诊断书，希望诸位对照一下自己，看看是否也出现了相同的病症。

（二）

收藏里有很多稀奇古怪的事。就从我刚想起的一事说起，即所谓纪念物收藏。什么爱因斯坦用过的白墨、伊藤公[①]的雪茄烟头、皇族们用过的便当空盒、贞奴[②]丢到废纸

[①]伊藤公：伊藤博文，明治年间武士、政治家、内阁总理大臣。
[②]贞奴：川上贞奴，明治、昭和年间著名艺妓，日本第一位女演员。

桶里的破梳子等等，有人搜集的就是这类物什。这类所谓纪念物，与之相伴的臆想倒是有趣。

另外更为平凡一些的，比如旅行途中脚下所踩的土壤、所住旅店的账单、喝空了的啤酒瓶之类，更有甚者还仔细保存着自己剪下的指甲。这些倒也是今后可用以回忆的谈资，将来或许还会发挥意想不到的作用。但这样的物什要拿给人观瞻，实在有难度，因其本身并无乐趣。要全凭联想才能成就物什存在的意义，而其自身是无聊的。这些遗留物，从历史价值上看，可谓极端匮乏。

拿破仑的手绢又怎样？西乡隆盛的木屐又怎样？这些与历史全无直接的关系。结果这类收藏只是一种猎奇的兴趣，充其量可算作一种谈资。搜集本身无罪，但保存与否也无关紧要，所以这类收藏显得可笑，因为没有保存的意义。不过这种稀奇的收藏并不多见，还是早早了结为好。

（三）

收藏中最多的，要算是对某一种东西的热衷。这简直不胜枚举。从小孩子的邮票到大人的浮世绘，物品种类会分得很细，比如与绘画并列的工艺品，工艺品之中的陶瓷器，陶瓷器中的日本产，日本产中的伊万里，伊万里中的赤绘，赤绘里的盘子类，盘子里的大盘，大盘里质量上乘的等等，可以越分越细。恐怕能把收藏癖表现得最为鲜明的，就是这一类。从卓越之物到奇怪之物，种类繁多。这类收藏的价值，要以所集藏品的内容而定。哪种收藏都是对物的搜集，但所集之物却是有很大不同的。这便左右了收藏的价值。

最为普通的例子，就是集邮。孩子们的收藏本能会因集邮而苏醒过来。邮票倒是可以作为世界地图或风俗景物的教材，还是多少有些用处。但即便对孩子们来说有些用处，对大人来说，集邮的意义就淡了许多。我认识一位为集邮投注了万金的收藏家，他本人也一定知晓那已成了一种被嘲弄的谈资。除了个人的消遣以外，几乎没有任何社会性意义。

不过还有更无聊的东西。火柴盒标签还算好，其他诸如酒店的贴纸、布袜店的商标之类也有人煞费苦心去搜集了来。还有人夜里去剥传单，有人热衷于勺子，以及木屐、信封、铅笔等等不一而足。若是趣味太过低级，即使被责难也难以辩驳。假使这类物品在一瞬间化为灰烬，也算不得这世上的一大损失。

有关收藏／

其中还有因迷信而收藏的例子。比如热衷于搜集大黑天[①]、惠比寿[②]的。还有热衷于不倒翁的。可是，为此搜集来一些丑陋的摆设呀绘画之类，到底有什么价值？更有甚者，到了马年便搜集一些跟马相关之物。若是动物学家，并以马的种类作为研究对象，那还算有道理。但要是同时还搜集一些相马瓷的茶壶，以及赛马的门票之类，这大概在收藏上就可认为是有病了。因为收藏的内容实在太过浅薄。这种动物类的竟意外的多，象、狗、马、牛、猿猴、兔子、狸猫、狐狸，还有鸡、蛇等等，搜集的就是这些动物的画呀摆设、玩具之类。

另外还有热衷杂志创刊号、限定版、最后一册之类的。在日本最为常见的是镜子、铃铛、坠子、笔筒、帽檐、瓷砚滴、酒杯、油壶、烟管等等。这些都是极易搜集，且易引动人心的。

这类收藏的对象范围简直广阔无边，只是这类收藏会因物的实质而遭遇意义审判。卷烟草的包装纸与浮世绘在美术价值上是云泥之别。而且就算同样是浮世绘，也会因写乐[③]

[①]大黑天：日本七福神之一的财神。
[②]惠比寿：日本七福神之一的商家之神。
[③]写乐：东洲斋写乐，江户时代中期的浮世绘画师。

与国芳①的不同而存在价值上的差异。书籍也是一样,但丁的文献的收藏与袖珍本的收藏,本就不是一个量级。而那些与狸猫相关的画、玩具,无论搜集得再多,对美、历史、社会来说都是无甚意义的。只能当做个人的特殊嗜好罢了。而法然上人的研究专家搜集与上人相关的文献,则与之有质的不同,因为这远超个人嗜好的境界之外了。

收藏若是以一些无聊之物为对象,是很愚蠢的。最好在搜集前就对其实质做一个客观的价值评判,同时考虑清楚他人会因这种收藏而得到多大的愉悦,并反躬自省这种收藏是否会对自身的生活有深远的影响。

啤酒瓶盖搜集多少也毫无意义。女人爱数香水瓶儿,也只能算个娇弱的爱好。有钱人买来各国的金币,那只是奢侈的消遣罢了。若是金币有特殊的美术价值,抑或历史意义重大,或许会有所不同。但能证明其不同的人哪里都找不到。若是仅用来当做货币史上的插图,也太不划算了。

人类不能收藏一些愚蠢之物,也不能愚蠢地去收藏。虽说谁都有收藏的自由,但这并不意味着什么都可以

---

①国芳:歌川国芳,江户时代末期的浮世绘画师,作品中最为知名的是武者绘。

收藏。

四

有些人喜欢收藏一些昂贵器物来炫耀。不过这得是有钱人才能做的事，其中有许多坏处需要注意，而好处却往往不存在。

第一动机不纯。因为较之器物，金额才是炫耀的根本。他们以为没有昂贵的藏品，就会降低收藏的质量。第二是思考方式的错误。因为昂贵之物却未必就是优秀的器物。没有谁能保证代价与美是成正比例的。而代价低廉也未必品质就一定不好。不过喜剧在此还不能落幕。第三，这种现象意味着眼光的缺失。正因为对器物没有正确的判断标准，所以才以金额来衡量。价格昂贵，则即刻认定是好东西。然而我们应该明白的是，价格昂贵在很多情况下只是奸商暗中操纵的结果。给卖不掉的东西贴一个高价标签，转眼就卖掉了，这样的并不少见。商人经常使用的就是这一手。高价可以博得人们的信赖，但器物的价值与市价并不一定成正比。

因为是用高价买来的东西便向人夸耀，是浅薄的爱好。或者称之为低级趣味更为恰当。对高价的信赖，是一种缺少见识的告白。其中自然也有名副其实的高价高质品，但这并非可以凭借的标准。器物不是选择而来的，只是用钱买来的而已。但在买的环节，不能只靠钱，而应该靠选择。选择是一种理解，而财力并没有理解的内涵。所以器物无论贵贱，只要凭借选择能力去购入，就不会有错。有钱人的所持之物因钱而发光，但意外的是物品本身却无光。相反，那些便宜低贱之物，倘若是充分选择过后的收藏，也是可以熠熠生辉的。那些根子里只以财力来衡量的收藏，最终只能是贫乏的收藏。因为那相当于在黑暗中盲目猎物。更何况高价之物很多都是奢侈品，很容易沾染上各种病菌，比如华美、软弱等等。因此，对昂贵器物的夸耀，总是会在实质上显现空虚。

（五）

有些人喜欢搜集一些杂七杂八的东西，购物的范围总之相当广泛。倘若所集之物之间存在有机的联系，那将会逐渐成长为出色的收藏。但若没有，个体之间并无关联全然无法统一，则只能以杂然无章的收藏而告终。这种收藏的显著特色就是玉石混淆。美品与丑物会同席而坐，对的跟错的总是混杂一堂。收藏家里患这种病的人是最多的，而且这并非小毛病。

器物是分个体的，所以手中的藏品多少有些品质高下的区别也正常。但若是这种区别实在过分，以至于相互间无法容忍，那要责难的只能是收藏家自己。一定会被人诟病连选择的能力都没有，会被诘责标准太过暧昧，会被批评见解混沌一团。没辙，是自己没有看出来。倘若看出来了，那将会伴随明确的取舍，也就不会存在这种疏忽了。但把美品与丑物混淆一堂却不自知的收藏，只能说是见解不及格。

我就是要什么都搜集，这种回答极端乏力。难道不是什么都可以成为题材的么？这种反驳也并不成其为反驳。暴露的只是自己羸弱的选择能力，是一种在收藏上毫无标准毫无秩序的表白。我们没有必要连丑陋的、错误的、无聊的东西都一并搜集回来，那些并非必要的题材。无法统一的收藏，不是应被辩护的收藏。

收藏必须是依循看法见解而整理出来的收藏。若缺乏统一性，则内容会显得单薄，结果只能成其为一种敷衍了事的行为。而混乱的选择标准对收藏也是有害的。藏品品质上不去，则收藏实难成功。搜集范围广倒无妨，只是需要注意藏品之间应该有秩序。

接下来问题就是，收藏家应以怎样的标准来选择，其深与浅则会左右收藏的结果。不过多数情况是尚未达到这个境界，还谈不上标准的深浅，只单单是没有标准。换言之，即是对物没有价值判断。也即是说，不懂。这就难怪只偶尔有几件良品，而其余大都不敢恭维了。但若是见解明确，即便件件看似杂乱，其内里也是统一的。有道理的收藏，很耐看，可以把整体看作一件大的藏品。

要做到这点，其实相当难。收藏家中，仅以一种见解而将藏品统一起来的人极少。多数情况都没有认识到自己到底在搜集什么。我认为，即便标准较低，只要藏品能够统一，那就比无标准却玉石混淆的收藏价值更大。为何这么说？因为前者是一种创作，后者却不是。用一种见解整理出来的收藏，从整体上看很有力；而若没有标准，则只能观瞻微小的局部。无疑，前者的成就感要远远超出后者。可惜啊，这世上的大部分的收藏竟都是没有明确标准的，只是把杂乱繁多的题材随意组合在一起而已。这在收藏上是致命伤。

有关收藏／

六

"集"与"多"有着同样的姿态，只一两件东西不叫收藏。所谓"集"就是"集很多"的意思。本来"多"这个概念是出于比较，二三十件算多，两三千件也算多。总之，收藏若是止步于少数几件，就不算收藏。所以结果就是，大多数收藏家们总是致力于数量的增加，数量多，则收藏的意义可以更加确切。但是不要忘了，另外一种新型病就是源自这里。因为量多并不意味着质好。多与质是不同的，数量增多后的收藏反倒会显得勉强。相同之物、奇怪之物、逊色之物，这些都会毫无意义地混进来，甚至一些不必要的也会窜进来鱼目混珠。

比如油壶的收藏。倘若在数量上求多，便会搜集一些形状、色彩、模样各异的品种。可细看这所有的藏品，所有都是佳品么？定然不会是，肯定不可能是。因为追求数量，则必然某些没有价值的也会混入其中。对数量的执着，无法将收藏拓深。我们不能忘记，较之数量，品质要更为重要得多。只是徒然量多，那算不得优秀的收藏。不，是成不了优秀的收藏。因为品质优良之物并不多见，胡乱搜集，是无法让收藏提升的，反而会危害收藏使之显得低劣。所以对数量的执着，反倒对收藏有害。

但倘若从一开始就严格选择，却有让人打退堂鼓的危险。对今后的悠然成长也不利。所以最初多少有些浪费也是没有办法的事。只是在收藏上夸耀数量则是不正确的。把收藏重心放在数量上明显是本末倒置。在越集越多的同时，必须要兼顾品质。不过一错再错从不反省的人实在太多。数量是比较后的结果，并非本质，本质在于对品质的追求。相较于数量，品质的力量更大。这点极为简单明了，可就是有很多人并未搞清楚。

（七）

还有一种收藏家们经常会得的一种病，是对稀有物的执着。稀有可以说是一种价值，稀有物因其稀有的性质是值得保护的。因为稀有，所以必然珍贵。而其他量多的，则很容易到手。而且稀有物也极易吸引人的注意。

但我们不能盲目地被这种稀有的属性所迷惑，不能被这种执着所囚禁。因为稀有品种未必都是优良的品种。其实稀有品种是奇怪品种的情况更多。也有特例，但并不多见。若是执着于稀有品种的搜集，那将走进岔路，成为奇物收藏家。所以对此太过拘泥，则收藏的品质很容易滑落，因为已经偏离正道。

物品量多，可谓平凡；而若是数量渐渐少下去，则价值便会渐渐增多。不过做得多并不一定品质就不好。正因为做得多，所以品质得到极大提升的情况并不少见。多则不美这种法则并不成立。比如在工艺领域，很多大量出产的品种反倒在品质上更为优秀。

跟多则未必丑一样，寡则未必佳。对稀有物的过度执着并不正确。稀有而珍贵的佳品，才应用珍稀一词。稀有却劣质之物，在这个世上并不稀有。收藏家们应该好好留意一下。若是追求稀有物，其收藏很可能以品质的贫乏而告终。如前文所述，这并非正道。稀有是一种价值，但并非本质。倘若要在稀有品种上做收藏，将比通常品种的收藏更难做。我们无需拘泥于稀有或者稀少，无论稀有还是大量，佳品就是佳品，劣品就是劣品，做好选择即可。这样收藏才会精彩。

八

再举一个病症，很多收藏家强烈执着于"完整品"。

无论是一本书籍，或一只陶器，一旦有了裂纹、缺陷或污点就会极度不满。还有人只要不完整就不出手购买。鉴于这样的人较多，而完整无缺之物又少，商人当然会给完整品贴一个高价标签。要买者拿钱买缺陷品确实有难度，所以这就经常成了讲价的理由。而卖方也好买方也罢，都是把完整与否当做了价值的标准。

比如有两件相同的器物，一件完整无缺，一件有裂纹缺陷。大概谁都会选择前者，而且认为应当选择前者。但问题并不是这么简单。例如古希腊石雕，是有缺陷的，可是不照样很美么？近代甚至还出现了一开始就断手断脚的雕像。而相较之下，四肢完备的雕像中，美与丑的差距则极为显著。若是那尊米洛的维纳斯两只手健全，恐怕就进不了卢浮宫的专用间了。在选择陶器时也一样，多少有些歪斜或裂纹，或许会令其更增风情。茶人们对这种美是善于发现的。再说古画，年岁的污垢常常会让其显得更美。而新画却往往欠缺时间的沉淀，有让人感觉生分的情况存在。所以，完整品必定是佳品，这个法则也不存在。更不用提不完整就必然劣质这种臆断了。完整与品质未必成正相关。

不过还有更麻烦的问题。倘若一流器物中的不完整品，与二流器物中的完整品，哪种价值大呢？我会毫不犹豫地回答前者。较之完整与否，品质的高低与否才是价值判断最重大的因素。但执着于完整的人，却会因此忽视这个事实，反复地与优质品失之交臂。拘泥于完整的人，其藏品往往会没有看头，且显得拘谨，因为完整品常常是冰冷的，没有余裕。

会对缺陷在意，是因为对完整的爱要多于对美的爱。虽然缺陷过多会有损于美，但绝不意味着完整就是美。有两者所幸对等的情况，也有不对等的情况。对我们来说最为重要的是分辨美与丑、深与浅、对与错，而非完整不完整。有很多完整而丑的，也有更多不完整而美的。不要因为是完整的就选择了丑的，这种价值判断谬以千里，与因为不完整而被选是一样的可笑。佳品就算有伤也是佳品，劣品就算完整无缺也是劣品。仅去挑选完整品的方式不可取，不明白何为价值所在才会犯这种毛病。因讨厌缺陷品，而把自己的收藏搞得跟冷冻了似的，这样的例子并不少见。完整与否，不是价值标准。即便算得标准之一，也绝不是根本标准。收藏家应该更多地、自由地、直接地去感触器物本质，然后再考虑外界条件也不迟。

(九)

把选择标准置于"作者名"上也容易引发错误。这在陶瓷收藏家之中常见，有人只搜集留铭的陶瓷。但这样一来，作者名便成了价值，而陶瓷本身的美却不是价值了。这些人总认为留铭与美是对等的，甚至认为没有留铭就是不美的。可这种判断全然缺乏对物的认识，也缺少直观感触，只是证明了自己选择能力的不济而已。正因为选择能力缺失，才会拘泥于留铭与否。仿佛只要有留铭就安心了。自己没有主见，才会把题字等当宝贝。这并不是说题字不好，而是说以题字来衡量物的价值这种态度不可取。较之题字更应注重的是物本身。不看物而只看留铭，或者见留铭如见物，这些都是没有真正看物的证据。若是没有仅凭物本身就能选择的能力，是成就不了优秀的收藏的。第一代茶人并没有依循留铭来辨别茶器的毛病，把留铭当回事是见解堕落的后代茶人所犯的错。其实，有无留铭并不十分重要，真正重要的是直接用心去看物，再斟酌选择。

只要明白了这点，就会惊叹这世上原来还有这么多佳品被湮没。过去的收藏总倾向于注重留铭、由来、评价、题字、落款等等，未来的收藏家们定将极为繁忙。有大量丰富的佳品正等着人们去发现。

执着于落款、留铭之类，是收藏里最常见的病症之一。比起"只要有留铭定然是佳品"这种见解，"只要是佳品有无留铭都无妨"这种态度要高明好几个层次。"因为是佳品所以有留铭也不碍事"这种看法或许更妙。"无留铭就好"是无稽之谈，那同样"有留铭就好"这种话也没法成立。正确见解是，正因为是佳品所以落款才被肯定。而并非是用落款来肯定佳品。没有落款同样有佳品，而即便是留铭物，劣品就是劣品。事实上，毛病多的作品反倒是留铭的多。我们不能拘泥于留铭与否，最重要的是直接用心去看。

对留铭起了尊崇之心，只是因为受了近代个人主义的影响罢了。所以作品出自个人则被认为是品质佳美的保证。但无数卓越的无留铭品的存在，让我们对其无法苟同。对留铭的执着，会消磨我们的鉴赏能力，会遮住我们的眼睛，只见作者不见物。因此直接看物的能力才会衰弱下去。若是物的价值与留铭所幸刚好对等，那倒还行，但一定对等的保障是不存在的。比如陶器这样的工艺品领域，留铭品的品质超过不留铭品的情况几乎没有。而像近世的绘画这种，虽然与作者关系重大，但六朝的壁画、天平的雕刻、西洋中世纪的各种古画这些，莫非因为没有留铭就会被抛弃？留铭与否，不是物的价值基础，我们搜集的不是留铭，而是物本身。

(十)

有时候收藏家会因为商人的推荐而购入藏品。但必须明确知道，倘若总是这样做，优秀的收藏是不会成型的。其中如书店那样的相较之下还算好，因为书籍类赝品不多，良莠的选择也比较容易。而且收藏书籍的人大都是有相当学识的人，其判断能力大多数情况是高于商人的。另外定价也是对几乎所有人一视同仁的。但若是换做古董商，那值得信任的推荐就寥寥无几了。面对没有古董知识的人，他们往往会比学校的先生还口若悬河。因为这一招很有效。虽然不是说他们所讲的都是假话，但诚实的话语毕竟不多。为了让对方购买，不管器物良莠只管说个天花乱坠。

这种时候，自己若是没有选择的能力，买方就只能算是愚蠢的听者。每每看到这种冤大头收藏家实在是焦躁难当。不如说就是买方的错。收藏家不能没有主见而被古董商的话牵着鼻子走。有时古董商若是不想点儿办法牟利，就难以维系买卖。所以他们的推荐里面存在着很多不纯的动机。而且有眼力的古董商连十分之一都不到。眼力都好，恐怕买卖就难做了，不，怕是做不成了。倘若不能巧妙地把劣品卖得昂贵，利润就薄了。更何况有品性的商人，不知有没有百分之一。抑或许品性好便做不成商人了。把他们口中的话当做器物品质的保证，是极端有风险的。

器物当然应该由买方来选择，买与不买是买方的自由。可能谁都认为这是理所当然，可真正能凭借自己的力量明辨器物的人实际上却并不多见。大多数都成了商人推荐下的冤大头。古董界商人的影响简直悲催。茶人也一样，总是成为牺牲品的多，茶器里少有佳品这点便是明证。

然而优秀的收藏家反倒可以引导商人，因为收藏家才最有资格。商人总在想方设法把东西卖掉，所以总是努力地要追随过来。他们对赢利很敏感，所以让他们追随过来很简单。但若与此相反，被商人牵了鼻子走，就难有好的收藏了。我认识两三位凭商人推荐而购置藏品的人，总是遭遇悲惨的命运。东西若是由商人来集，会多如牛毛，所以不能让商人来代替自己搜集。优秀的收藏会早于商人的目光一两步。是自己的收藏，而非商人的收藏，所以希望收藏家们千万不要再那样没有见识。

下篇

（一）

在此，关于如何正确收藏，我写几点注意事项。另外，再谈谈优秀的收藏到底有怎样的价值，以及必须有怎样的性质。

至今的立论告诉我们：最初搜集时，必须对物的实质做清楚的考量，到底所集来之物是否值得。若是一些无聊之物，即便再热衷又有何益？对浅薄趣味的满足还是早些放弃为好，没有任何意义。收藏不能只集一些不倒翁之类就算完成了。

搜集有价值之物才是正道，不过还需要在搜集方式上下功夫，考虑清楚应采用怎样的选择方法。比如搜集明画，明代的中国画的确不错，但并非所有的明画都不错，倘若选择方法搞错了，目标浅陋、暧昧，结果终究是没有完成优秀收藏的可能。搜集决定于搜集方式，较之物，见解才是根本。

那到底该如何选择呢？第一，要对质有足够的理解。质便是物的实质，与质相比，数量之类只能退居其次。本来量多也挺好，但只有量没有质便失了力道。质不需要用量来证明，质是量的前提。比如吴州赤绘的收藏，仅十张品质极好的收藏，比一百张品质欠佳的收藏要有价值得多。量无法取代质。在收藏上，质比量有更重大的作用，对质的追求可以确保收藏的品质，而对质敷衍了事的收藏则显得贫瘠羸弱。那些稀有物、完整品、昂贵品，即使集得再多，若是品质恶俗便没有什么收藏的意义了。

这里所说的品质、实质，指的是物的本质价值。例如一位史学家涉猎史料，找到许多二手、三手的资料，但要根据这些资料把历史还原出来是不可能的。就算数量甚少，第一手资料才是基础与根本，才最为紧要。而能否分辨哪些资料才具备最为丰富的史学价值这点最为关键。若是没有价值标准，最终结论可能会陷入杜撰的泥沼。所以热心地搜集那些史学价值极其薄弱的资料，就偏离了正道，与最终目的相悖。暧昧的标准经常会把各种资料混为一谈，这样想还原历史只能是痴人说梦。

再比如书志学者，最常见的谬误便是妄想把所有文献巨细不分全都收录进去。但这样做全无益处。因为没有选择的收藏会内容杂乱，这样反倒会蒙蔽客观性的真理。当文献被选择被整理以后，才能更增学问的价值。质比量有更大的作用。优秀的收藏意味着精挑细选后的收藏。

因此根据价值标准的取舍相当重要。优秀的收藏是统一的收藏。错误的收藏缺乏整理没有秩序。收藏不是只需搜集起来便可，还得整理统一。这是价值世界的认识。这样物的价值才能得以确认。若是与之相反的杂然的收藏，物的价值将变得暧昧与稀薄。说得更为严厉一些，这种收藏将是一种罪过，世上有很多并不应存在的收藏。

（二）

收藏品若是属于美的领域，那质的问题将转移到美的内容上面。集来的东西到底有多美，对这点的判断必须明晰。搜集来一些丑的就没有意义了。另外变态的、不合理的、不自然的、恶俗的、贫弱的这些，搜集得再多也是枉然。若是以数量充门面，前文所述的危险便接踵而至。我们必须反躬自省所集之物到底是否合乎美的标准。

例如湖东瓷的收藏。以美的价值标准来衡量，其中多少有些佳品，但湖东瓷本身就十分散乱，即便搜集了几只，其意义也不甚大。如果能加深对美的理解，就不会轻易在题材上满足。同样是陶瓷，如果收藏的是九谷瓷，那就跟湖东瓷截然不同了。作品中多少存在优劣之别，但作为收藏的标准可谓甚高。

然而问题并不仅只这些，我们不能在选择方式上出现失误。若是止步于形态珍稀、模样奇特之类，那最终只得到一些怪物罢了。同样是九谷瓷，也要分中期与晚期，这样才能做到井然有序。我们需要分辨出其中哪些是美的。在九谷瓷的选择上要做到更为严密才可，因为不纯物实在太多。如果在这种情况下没有更高的标准，器物将会失去统率之力。

优秀的收藏意味着精挑细选。选择意味着直接用心去看物。换言之，就是不凭借概念直接看清物的价值。如果直感迟钝，那对美的价值的认识，将会陷入混乱之中，结果便是使得玉石混淆。但是优秀的收藏里，这样的错误是不存在的。直感可以迅速地把物统率起来，因为焦点时刻都是明确的。优秀的收藏是直观的反映。

谁都看得到物，但能直接用心去看的人实在不多。大多都是从理论、由来、留铭、系统、手法、技巧之类外部条件对物加以判断。可是，真正重要的是把物作为整体直接用心去看，其次再去看那些外部条件也不迟。拿着一枚小碎纸片，想得到原本完整的一张是不可能的。部分不可能生出全体。在直接用心去看之前，就着急去问作者是谁、何时所作、何地所作、为何能作等等问题的人，是还未能把握物的本质。正好跟相信之前总尝试着多知晓一些一样，知无法引导出信，而概念也无法得出直观。要做到优秀的收藏，仅有知识还不够。

（三）

因此，如果自己本身没有更佳的见解，遵从他人的正确见解也不错。而且基于价值既定之物的收藏也不错。这样可以保障收藏的安全。比如宋窑的收藏，世上已经有了确切的定论，这可以让我们拥有一个精彩的世界，同时还起到一种对既定价值的守护作用。我把这种收藏称之为"守护收藏"。这种收藏是一种社会责任的担当，由此物的价值可以得到充分的保障。或许有人会非难这种收藏只是一种模仿，只是追随他人的因循守旧。但自己本身没有更佳见解的人，较之无谋地误打误撞，这样的收藏要贤明得多。了解自己并知道谦让，这并非谁都做得来。依循正确的标准，便可以保证收藏的安全。太多的收藏家自我意识太过强烈，结果把收藏弄糟，不得不自省。

比"守护收藏"更进一步的是"创意收藏"，其价值更大。收藏是见解的产物。与其说物在所以选，不如说因为被选所以在。见解明晰透彻，基准渐次提高，则收藏便进入了创意的领域。由此，会出现一个新的未知的价值世界，并被逐渐加以拓展。换言之是一种新的开拓、新的启发。曾经被埋没的真理与美会再次变得璀璨夺目。至今藏匿之物会现身，至今沉睡之物会苏醒。某些时候还会颠覆既定的目标。这是器物地位的革命。创意收藏领先于时代，领先便是时机。这里有无限的创造。

创意收藏是有指引力量的，是有权威性的。而且某些时候还会颠倒物的价值，这也是起初因为思维惰性的作用而不为一般人所理解的地方。然而，真理永不言败，宝石总会发光。收藏进入创作阶段后，一个新的世界将被建构，于是收藏便不单单是个人的兴趣了。这种收藏远超兴趣一词的内涵，已经成为一种公共性的工作。即超越私欲，成为普遍价值，并赠送给我们的这个世界。可以说，是收藏创造了物，优秀的收藏家是第二个创世主。

（四）

在结尾处提一点忠告。收藏很容易陷入古董爱好的歪路。那样便很容易止步于一种安逸的享乐。这种弊病多见于好事者。但这无论从怎样的角度看，都不是一件好事。较之兴趣爱好，不如说是臭味相投更加妥当。切记不要在玩乐放纵中堕落，很多心的疾病容易找上门来。玩物容易丧志。若是因器物的年代久远、稀有而抱以溺爱之心，搜集来数数，那跟守财奴的生活简直没什么不同。那样心情会变得阴郁，生活也不清明，其后或许连交往也会变得污浊。这种例子实际上并不少见，实在遗憾。

我希望收藏可以让生活变得光明，不能只当做玩乐。对过去的沉溺，会妨碍将来的进展。收藏不能止步于个人的玩乐，而应对世界有所贡献。如若对人类发展毫无益处，那不如说是一种可耻的行为。不能让其只在利己的趣味中消亡。生活应该因为收藏的存在而更加澄澈、醇厚、多彩，而收藏的愉悦也应该更多地跟他人分享、共欢。收藏仅止于私事，并使生活萎靡的例子并不在少数，我们应该加深对收藏意义的理解，这不是玩乐。

还有一点真切的忠告。收藏家应该收藏的，是自己对之抱有敬意之物。这种敬意，不单单是喜欢、有趣这些站在自我角度思考的东西。所谓敬意，含有自谦之意，能从物中感受到一种自我以上的深度与纯度。当对藏品有这种感受时，收藏便绝不会死。搜集的行为，是对这种深度与纯度的守护与彰显。收藏必须是对永存之物的赞美。优秀的收藏家对物是虔敬的，这种虔敬会给收藏带来光芒。而物自身是呈现不出这种光芒的。与收藏相关的，较之物，更多的在于心。

收藏之辩

所谓"辩",即辩明、辩解之举,其实原本大可不必。惠特曼的诗里有这样一句,太阳从未曾替自己的光芒万丈辩解过。该放光时就放光,也不会对云或雨有所责备。

但为了方便,"辩"也不失为一种存在价值。特别是当真理被颠覆,世间对其难以认同的这种情况,辩明可以做到有的放矢。柏拉图有一篇apologia,是对苏格拉底法庭辩明的记录。现在看来能留有这样一篇记录真是太好了,里面的各种宝贵的真理在今天仍然适用。

过去有人曾这么对我说:"你东西太多了吧?"是说我已经东西很多却还不知足?还是说我不应该独占那么多好东西?莫非告诫我钱不多却买个不停是种愚蠢的行为?还是在规劝我最好停止收藏,多做一些别的有意思的事?可惜他的真意我当时未能细问。

收藏之辩／

想来我其实真的是买了不少。当然可能对世间的某些收藏大家来说还是九牛一毛,可我的藏品绝难言少。因为几乎没有转让出手的情况,藏品只增不减,若是没有民艺馆这样的收藏陈列之所,怕是只能成天被器物围着过日子了。家里所用的餐具也是,无论种类、数量都已极多,全无再买的必要,现在连存放的地方都愁。每天换一种用,大概可以一个月不重样。所以说我"东西太多了",简直无可辩驳。而且身份与所持器物并不相匹配,也无从辩解。有时候连自己都不得不叹息一下,怎么会搜集了这么多的东西!

我已经把所有藏品都捐赠给了民艺馆,现在家里所用之物,有价值的打算将来也全都捐赠出去,所以我并非真正的主人,真正自己个人的东西其实很少。不过我并不想在此为自己作辩,说自己"其实东西很少"。我还想买更多,拥有更多,总之是只要有好宝贝便绝不轻易放弃的性子。"你还要买?""你的东西太多了。"这样的话绝非不当评论。但我还是要辩解一下,这样的评论大抵都不清楚我购买器物的方式,所以我认为最好还是写一篇《收藏之辩》,以帮助人们了解我收藏的意义以及购买的意义。而且还将会触及所谓收藏的本意。

反正我只要看中了就买，结果就是东西太多，远超所需，而且还在继续增多。但就我自己来说，购买并非是为了凑数。站在民艺馆的立场，即便只新增了一件，对将来的人而言，也定然有用。数量增多，是有极大意义的。另外作为民艺馆，藏品越丰富，则民艺馆的价值越大，因此东西太多云云都毫无批评意义。不过我还要从另外一个角度来作一次辩明，即我的购买方式、拥有方式。

其实我的购物，都可算作今生"仅此一件"的连续性行为。这话听起来有些奇怪，或许可以解释为，并非横向的购买，而是纵向的购买。不是购买这种行为的单纯反复，或者可以借用禅语"前后截断"来解释，只是"现在"购买的一种行为，即截断过去与未来，从中解放出来的"现在"。禅僧常用语中"这里"、"个里"、"个中"等有趣的词汇，说的就是"当下之物"。无论购买还是拥有，对我而言都是"当下""仅此一件"境地中的事而已。并非买了就多了这种意义上的购买方式。事实上确实是多了，或许有人会说我诡辩，但的确不是。所谓拥有，必须是"全一"意义上的拥有，而所谓全一，并非众物之中的"一"，而是物品各自本身的"一"。这理解起来或许有些难。可以这么说，真正的美品，不是各种各样器物中的美品之一，而是无所左右的当下唯一的美品自身。它并非存在于世界众物之中的一件，而是绝无仅有的一件。倘若只是以众物中的一件来对待，那便不是可以将它的美发挥到极致的拥有方式。我不是在量的世界里购物。

前几日报纸上报道了某些收藏家的例子，有人只收藏酒壶，有人只收藏告示牌。这样的收藏都是以数量取胜的，但我对这种性质的收藏毫无兴趣。作为收藏，不会超出二流之境。因为毕竟都是以量大为目的，连一些无聊的酒壶、告示牌之类也会成为收藏标的。这种即是所谓横向购买，以"多"为追求，而对"质"的要求则退居二线。一旦将其以美为主体价值来衡量，则会变得惨不忍睹。而所谓从纵向来看，则是触及精妙的方式。比如去购买了几次美品，但若非以"仅此一件"、"仅此一次"的方式去购买就出现了意义上的缺失。这里的一次，不是普通意义的一次，而是"永远的当下"中所发生的一次。若不是用这种方式购买，即便花了很多钱，也很难说"买下来"了。

从民艺馆的展品陈列经验上来说，同种类的器物数件一并陈列时，有时会显得更为美观。因此有时候我也会为了数量而购买，但这种情况一定是以优质的器物为前提，绝对不会为了凑数而买。通常在追求藏品数量上时，总是以量为先，质则退居二线，其结果就是搜集了一大堆无聊之物的悲喜剧。我对这种收藏毫无兴趣，所以被评"东西太多"时，不得不替自己辩护一句其实本无此意，我从未为了凑数而购买任何器物。世间总有以"搜集一百只茶碗"之类为目标的收藏家，在我看来是略显愚痴的，一百只又如何？如此一来，大抵对一百只有兴趣，反而对一只没兴趣了。如果不以"就这一只"为拥有方式的基础，假设集了一百只，其实也等于一只都没有。我是不赞同这种搜集方式与拥有方式的。我若是购买，总是会以初念来定夺，即对每一件都是初恋。没有反复，亦没有重复。对每一件的购入，都是初次，都很新鲜。也就是说，眼里全是它、心里都是它，而非昨天遇见它、曾经几度见过它。即除当下以外不得见之意。虽说初恋仅有一次，多次就不成其为初恋了，但真正的初恋是不能用这种简单的尺度来衡量的。

比如举这样一个例子，念佛。所谓多念佛，是念佛多次的行为，或者也称作"常念佛"。有一座自古以来的"常行三昧堂"，是念佛行者们日日念佛的殿堂。京都有一座名刹叫百万遍，此名由来于"念佛百万遍"，总之是在说要念佛无数次。而且，切实在"常念佛"上有功德之感的人极多。但这是否就是念佛的本意呢？与之相对的是"一念义"，有人主张真正的念佛应当一念为结晶，无须"常念"，这被念佛宗当做了邪门歪道，因为念一次就够了，没有必要多念。器物也是，真正的佳品一件便等于多件，其后出现的无论多美，心都不会动摇。

然而，追求之心，钦慕之心，并不会受局限。而且也只有不受局限，才算是真正的追求。因此回到念佛的例子上来看，就应当拔高到"念念之一念"的思想上，一念是念念的果，与单纯的多念、常念不同。多念、常念是横向的念佛，一念是纵向的念佛，而且这种一念，并非寻常意义上的念一次则完结的一念，而是"不断的一念"。这不是以一念否定多念，也并非以多念否定一念，而是新的一念总是日日不停地连续生出。所以是不断的一念，是一念的不断。念念都是新鲜的一念。而在我的思考里，收藏也是一物的不断，是不断的一物。也即是说，物物作为新鲜的一物出现在眼前时，才是不断的收藏。不能将此与大量的收藏混为一谈。所以我总是不停地买，但不是大量地买。不知这种思考能否为大家所接受？

茶道中人有"一期一会"的说法。起初我以为是禅宗用语，但却没能找到出处。如若是茶人最初使用的说法，那一定是参禅经验丰富的人想出来的。也有人说是绍鸥①的话。"和敬静寂"四字也很有名,但我还是觉得"一期一会"更有特色与韵味。"一期"是一期生涯,"一会"是一度相会,茶便是"一生一度之茶"。这里的"一"不是与多相对的一,也不是接着会变作二的一,亦非反复的一,而是各自独立存在的一。如果借用吉兵卫②的话,便是"开始即完结",也就是说"无所谓修正"。点茶,就应当是这样的行为,所以无论点了多少次茶,无论在哪里点茶,都是在意义上完全崭新的一盏茶。所谓反复,已经消亡。一度,再一度,每次都是完结了的。所以没有所谓倦怠。如果套用前文的说法,便是纵向点茶,而非横向点茶。我认为收藏也应当如此。

浜田前些日子跟我说,"老柳的东西,即便是老古董,放在那里也跟崭新的东西一样,简直不可思议。"其实这没什么奇怪的,只要拥有的是"这件器物"的"当下",便自然会有这种感觉。谁都应当做到这点。所以,无论年代多么久远之物,只要以新的受领方式去对待,它

---

①绍鸥:武野绍鸥,日本战国时代的豪商、茶人,号一闲斋、大黑庵。其茶道思想为千利休、津田宗及、今井宗久所继承。

②吉兵卫:物种吉兵卫(1803—1880),大阪商人、净土真宗信徒,著有《吉兵卫言行录》。

就会重新苏生为一件新品。而这种受领方式，可称之为"当下的受领方式"。器物是有新旧之分的，但若以没有新旧之分的受领方式去对待，便可以化身为"总在当下"的新的器物。

那究竟该怎样去做呢？大多数收藏家在购入时，都是以概念来作判断。比如以自己的知识作尺度、以世间评判为标准、以有无留铭或题字作取舍等等，总之都是以物为判断指针，好像这样才能安心地购入。也正因为大家有这样的心态，所以古董商才会滔滔不绝地讲述器物的来历，告知人们在哪部图录上有记载之类，以替买者寻求一种安心。而若是买者有了更多的知识，他将会被自己的知识所左右。另外还可能拿出很多其他的价值标准，比如年代久远、稀少、无瑕疵等等。仿佛只有符合了这些价值标准，才会安心。但是，真正美的器物，怎会被这些所谓标准所左右？难道意识不到"知"行于"见"前，会妨碍"见"之眼么？

有了某种知识，便必然会对判断有所搅动，而当用以判断的知识闯入的越多，看物的眼则会变得越浑浊。一般人都认为没有知识就不能正确看物，但实际上是相反的。以知识为尺度，能看到的只能是知识以内之物。也就跟戴了有色眼镜一样，其他的颜色都看不到了。就拥有知识这点来说，本身并没错，但若是成了知识的奴隶，就无法正确看物了。要养成一个习惯，先"见"后"知"。若是搞反了先后顺序，美便会藏匿起来不得见了。

看物，需要徒手去看，要用赤裸的心去看。智慧不需要着装，不需要各类道具。曾经道元禅师从中国回来时，曾说过一句话，"空手还乡，因此丝毫无佛法"。真是说得透彻。所谓"空手还乡"，所谓"无佛法"，才是真正修得了佛法，才是真正对佛法的把握。只有自己的心是赤裸的，物才会无所遁形。佛法的所谓"舍"，才是"得"的前提。也就是说，在看物时，不要在物与自己之间置放任何东西。直接用心去看是最重要的。若非如此，则难以进入物之中。禅宗常用"直下"一词，真的是径直下去看就好了。搬出知识、评论之类就不是"直下"了。所谓知识，不过是离物而见的一种功用而已。

我认识一位名门之后，拥有各类无数的珍贵藏品。这位只买已经成名的器物，所以藏品之中多有佳品，但并非他自身选择的结果。而那些评论并不甚高的器物他是不会买的，缺乏挑选的眼力。所以他的购买方式既非创作也非开拓。而拥有方式上，不知是否因为没有自主意识的原因，器物看起来都黯淡无光。我曾进过这位收藏家的藏品陈列室，显得很是萧索。因为没有鲜活的自我见解，器物也就失了生命。器物虽自身有好有坏，但与之相伴的购买方式、拥有方式，则可让其生，亦可让其死。收藏之中，最需要的是自主的、自由的、鲜活的看物之眼。所谓看物之眼，指的是直接看物的眼力，有不依赖评价、市价之类的自由。

或者还可以这样说。回顾我求物的历程，难道不是因为能够从中寻到故乡吗？这由来于对故乡的念想。人无论谁都是有乡愁的，追求德善、仰慕光明，也都是本性的回归，是初心的再现。诺瓦利斯①在哲学上将之定义为"思乡病"。而人类不停地追求美，就是因为人类的心在不断地回归其原本的故乡。所以，追求美品，是因为心的故乡就在那里。而想与之同处的念想，就是希望长居故乡的心的表象。"归去来"三字，是不会从人类的口中断绝的。所以佛法中可以经常见到本来、本具、本有、自性等词。

最近我开始在藏品的箱底写一些器物的短诗。将与之永别的，写上"安乐归故里"；感觉是专程现身出来见我

---

①诺瓦利斯：德国浪漫主义诗人、作家、哲学家。著有诗歌《夜之赞歌》《圣歌》，小说《海因里希·冯·奥弗特丁根》等。

的，写上"知吾莫若彼"；前几日念叨许久的便当盒到手了，圆圆的丰润之态，于是我便像对其倾诉一般写上"圆满丰润，无出其右"。对我而言，它们是器物也不是器物。在器物中，我见到了故里，换言之，器物在我这里找到了它们的栖身之所。我所寻求的所有器物中，都可以发现这样的影子。所以无论拥有多少，都跟我连在一起，跟我是一体的。我拥有的并不是各种各样形形色色的东西。在此种意义上也可以看出，拥有的不是多数的器物，而是结成一体的世界的再现。

或者还可以这样看。我在收藏上到底做了什么？想来无非就是花了一生的时间来构筑一座殿堂，并逐渐使之庄严肃穆。即构建美的寺庙。为何要这么做？因为难以忍受秽土。寺庙是彼岸净土在此岸所映的像，是各种美物汇聚之所。器物其实都是佛祖菩萨。我设坛立棚，将物置放在了它们应当存在的地方，再与之日夜共度。这就跟真言宗的僧人们，供奉曼荼罗并念佛祷告一样。曼荼罗里据说有八百万尊佛，但这里的数字也并非就指佛很多，而是一佛的无量显现，正如一个太阳可以发出万丈光芒照亮十方土地一样。或者想象成万德相互倾慕，集聚一堂的样子也不错。在这里可以见到美的净土之相，那是幸福平和之所，是人本来应该存在的场所。我寻物、藏物，为的就是见到这净土之相的幸福，同时也让他人得见的喜悦。这跟迎佛是一个道理，把佛祖请来并日日对其赞美、景仰、供奉、礼拜。所以在此意义上，我的日常生活跟日夜拜佛的和尚无甚区别，我的心与日日念佛的僧人心是相通的。对我来说，"物"与"佛"①，写法不同意义相同。但仅限于美品。

至今一提起对物的赞美，大都被标榜为唯物主义，崇物者会受到贬低。但这种行为只是过度的唯心主义罢了。"心"与"物"并不能那样分裂去看。心有了物的依托，才会成长为更加确切的心；而物有了心的依托，也会成就更加完美的物。所以从自然意义的角度，不能将二者严格分开。若是从物中看不到心，那只是看物的眼衰退的结果。特别是沉溺于唯物主义之中时，这种倾向更为明显。同样，只承认心而蔑视物，是因为对心的理解出了问题。

物作为心的表象，其重要程度显而易见。心未从物中呈现出来，只是心还太弱，太片面的缘故。因此，用心之言"佛"来看表象之"物"，若是物中见不到佛之象，或者佛里看不到物之命，是很奇怪的。佳美之物，是活在佛里的。

---

①物、佛二字在日文里发音相同。

在我看来，佳美之物即是成佛之物。所谓成佛，意味着觉醒、被拯救。也可以借用道元禅师的话，佳美之物是"行佛之图"。成佛也称"作佛"、"行佛"。佛自身的行，在物中呈现时便称之为佳美之物。而看佳美之物，即瞻仰成佛之姿、正觉之相。人谋求佳美之物的行为，也是人类本自对成佛之姿、正觉之相的追求。所以在购入时，不能以增加数量为目的，遑论以增值为目的。收藏家大都把器物仅当做财物来看，寄希望于从中取得利润，这便掉入了唯物的陷阱。而爱物敬物，却是不能把心从物中剥离的。仅把物作为财产的人，不是真正的拥有者，这种行为不如说是对物的冒渎。悲哉，此类收藏家世间太多。

收藏是一种欲。但欲有私我的小欲，与忘我的大欲。爱慕佳美的心，应当有对忘我的渴求。若是收藏以私欲而终，其拥有方式会显黯淡、污秽，而生活也会失了阳气。这是私欲太浓导致的悲剧。这种人所拥有之物，无论多好都是没有光彩的。收藏的实质，会被对物的认识、拥有方式所左右。不，是拥有者会被其左右。为何这么显而易见的道理，那么多收藏家都意识不到？收藏，必须是自然而然地对自我的净化、对社会的净化。

(1954年5月《世界》)

穷人的收藏

据说，有位京都知名的收藏家这样评论我们："那些人买所谓民艺品之类，无非是因为没钱罢了。"这位收藏家是有钱人，藏品也大都价格昂贵，拥有不少好东西。这番评论无疑是带有轻蔑性质的，言下之意是说，若是有钱就不会买那些便宜无聊的民艺品了。但我们要回敬一句："仅仅有钱，是买不了民艺品的。"我们确实"没钱"，也在"买民艺品"，这两点的确是事实，他并没说错。不过逻辑不同，所表现出的意味便也不同。对方的意思是，"若有钱，所谓民艺品那些便宜货根本就不会买"。而我们只需要把"不会买"改成"买不了"就可以了。说得更为直白一点："若是买得了，定当刮目相待。"有钱人虽有财力，但却缺少自由购买民艺品的能力。（最近民艺品也成了高价之物，即便有钱人也不容易买得起。）

我们也觉得有钱好办事，若是财源充足，一定可以很好地利用起来。但穷人做着腰缠万贯的黄粱美梦也是无可奈何之事。对我们而言,"有钱买高价品"并不稀罕,稀罕的是"没钱却能在便宜货里挑出佳品来"。这样的能人作为我们的最佳对手,很厉害,不得不令人敬服。

然而有钱人购物,便是出高价钱买佳品,且难出其右。这难道不是谁都会的平常事?有钱却不买好东西反倒更异常吧?所以,有钱购物并不稀罕。

这位知名收藏家的藏品,简直就是财力所成就的,有许多极好的高价品。只是除了蜚声赫赫、时代久远、保存完好、样式珍奇之外,并无其他更多新意。因为都是有定评之物,属极规矩的收藏。在藏品选择上并无创新开拓。因为有名,所以贵。而若是还未被他人所认知的佳品,最初是不可能卖出高价的。

这样一看便可知,这位知名收藏家的藏品,与其说是自己买的,不如说是听评论买的。而且正因为价高,所以才买得安心。而对那些尚无评论的便宜货,则忐忑不安难以下手。这样的有钱人,是没有见识去买不贵又无名之物的。也就是说,除了高价品,没有能力购买其他。这才是有钱人最大的弱点。他们这种不贵就无法安心购入的买者,对我们来说其实算不上对手。有钱所以买得起高价品，这也没什么可夸耀的。所以相同的逻辑，没钱所以只能买便宜的，这也没什么丢脸的。换种说法，有钱人的自由是买高价名品的自由，所以不是有了钱就可以成为完全的自由人。上述的这位收藏家，虽然藏品不错，但遗憾的是缺少自由度。由此可见，财力并非收藏的第一大前提，而且财力丰厚有时反倒会妨害收藏的自由。能充分发挥钱财作用的收藏家是天才，但可惜的是，这样的收藏家极其稀少。至少上述的收藏家并不是这种天才之一，只是一位跟着世间评论走、购买高价名品的不自由人，并没有更多其他创造性的才能。

所谓市价又是什么？若是有位批评家发声认同器物的价值，接着便会如波纹一般得到更多人的认同。于是接着就有求购者出现，再后便是与之对应的商人出现，而商人会更巧妙地勾起人的购买欲望。于是就有更多的买者出现。在这种供需关系下，市价就产生了。仔细想来，其实就是想买的人的欲望与想谋取利益的人的欲望的结合。若是价高、稀少、评价好，买者会更多，相应的价格也会节节攀升，于是评价高的必然成为市价高的。而且还会因为高价，被理所当然当做上等品。

但是，批评家的眼睛很难说就一定看得准。评论好的不一定都是优秀的。有很多买者的器物也不能就一口咬定那就一定是佳品。反倒可以这样认为，那些很多人都想要的，一定是有某种通俗之处。而其昂贵的价格，更多情况是由来于商人天衣无缝的策划。只因为价格昂贵便认定是佳品的人，也会恰到好处地出现。很多有钱人购买了高价品在心底里都是很得意的，而商人对这种得意的心态研究得最为透彻。但实际情况是，只一味的昂贵并不表明就一定是佳品，而且有名之物也并不一定都很优秀。所以很难说有钱人买到的就一定是佳品。财力、价格不能作为器物优良与否的保障。虽然高价的佳品并不少，但也有价格昂贵的次品，同时也有价格便宜的佳品。因此，有钱不是优秀收藏的保障，而没钱也并非就做不到优秀的收藏。

我也饱尝了钱不够时的那种不自由。买不起想买之物，是有些不幸。不过有钱也并非就可以完全自由、幸福。而就我来说，反倒正是因为没钱，才有了更多的自由与幸福。所以，有钱无钱其实怎样都不重要。不，仔细一想，有钱人的收藏里几乎见不到任何创造性的东西，只是跟着评论走而已，若我也是有钱人，说不定也会掉入普通收藏家常犯的错误之中。被金钱所束缚，反倒失了收藏的真正自由。至少有钱人在屈身去买便宜的民艺品这点上是不自由的，在不买贵的就不会安心这点上是不自然的。而穷人却没那么客气了。这难道不是一种极大的恩惠？在拥有自由收藏的可能性上，穷人是值得庆幸的。至少在创造性的收藏上，可以做得比有钱人好。比起没有钱的不自由，有钱的不自由更有可能把收藏做得平庸。像我这样的人，好好运用这种钱少带来的特权便好。等赚了大钱再去收藏，或者没有钱就做不到优秀的收藏，此类想法还是摈弃的好。总之，没有充足钱财的人，要好好珍惜这种特别的恩惠，感恩这种境遇，并有效利用才是正道。

当然钱太少是一定会困难重重的，不过也正因为不如意，反倒更容易成就幸福的收藏。因为无名之物并非都是无聊之物，便宜的也并不总是不好。这里还有尚未被发现被承认的佳品，还有尚未开垦的一片天地。所以，对那些还未有像样儿的市价的那些器物，我寄予了极大的希望。毫无人气且默默无闻的那些器物，正是我的一片广阔猎场。用不多的金钱，得到很多精彩的宝贝。这种幸福大概是有钱人所体会不到的。

这并非穷人的痴人说梦，民艺这块未开垦的广袤土地正是送给我们的礼物。有钱人批评说"没钱才买民艺品之类"，确实切中了一面，不过要在后面添上一句"有钱却没有买民艺品的自由",这样才算完美。或许批评者认为民艺品之类不可能有美品出现,但他所收藏的高价宋窑里其实就有无数的民间器物。而茶器里最为知名的"井户茶碗",最初也是极为便宜的民艺品。

我们其实并非一开始就意识到了民艺品的价值,也不是一开始就提出了肯定穷人收藏的理论,这样的思想意识若是先行提出,反倒会束缚我们自己。我们仅是从更为单纯的出发点,在搜集到很多美品之后,才注意到这个谁都不曾踏入的领域,而后才将之称作"民艺"加以研究的。最后弄清了这种美的缘由,并整理好这番思索过程,从而构筑了民艺理论。道理在后,直观在前。我们相信,"见"处于"知"的前方,正是我们理论的优势。因为要从知识里得出直观,只能是妄想。

在此就纯粹直观的出发点说了一番,其实这对于贫穷的收藏家来说是绝对必要的第一前提。也就是说,是可以用这种力量让无钱的不自由,苏生成为自由的。简而言之,只要会直接看物,那些便宜、无名之类都不成其为阻碍,而真正优美之物会自然而然现身出来。在这个领域中,直观可以发挥十二分的作用。

没想到的是,民艺的世界让我们成为了创造家。我们对民艺价值的承认与肯定，不需要对其他任何人模仿，没有依据评论的必要，也没有受过留铭或高价的迷惑。所以，无名也好，便宜也好，都不是畏缩的理由。我们只需要自己直接去看。收藏对我们来说，是发现的欢喜与感谢。想来这世上那么多收藏家，比我们更为幸福的怕是少之又少。我们依旧很贫穷，不，应当说我们依然托着贫穷的福。

还要强调一句，看物的能力是金钱所买不到的，是无法用财力来代替的。认为只要有钱就会收藏的想法，是很愚蠢的。有钱人的收藏大都一般，就是因为没有用自己的眼睛去选择，是靠财力，以价格为标准来做的抉择。所有美的都是高价的、所有高价的都是美的之类，这种所谓公理世上并不存在。若是这种不合情理的公理存在，那便没有我们穷人什么事了。我们的世界很值得庆幸，在无人问津的便宜物品中，藏着那么多优美的宝贝。曾被忽视的宝贝们会有很靓丽的未来。这些都成就了我们创造家的名衔。所以有没有钱，真的无需担忧。只要好好活用自己的贫穷便好，要相信穷人是有特权的。学会去领会创造性开拓性收藏高于其他收藏的价值，去体会从中得到的愉悦。

只是这需要选择能力。无论哪种收藏家，"看"的能力都是最为必要的。只要具备这种能力，贵也罢便宜也罢，都能通过自身寻找到真正佳美之物。不会因价高而迷惑，也不会因价低而踌躇。对有钱的收藏家来说也一样，"看"的能力远比财力珍贵。有了这种能力，钱财的多寡等因素就会退居其次。而且只有具备这种能力，才能成就真正优秀的收藏。

再就民艺品价格多说几句。我们的收藏所费，简直是少得令自己都惊讶。也难怪会被揶揄买便宜货。不过更多的人还是会惊叹，这么少的费用怎么可以买到如此众多的佳品！依据价格现象的法则，评价上去了，民艺品的价格也就跟着水涨船高了，现在有些竟出现了想象不到的高价。结果令人啼笑皆非的是，现在只有有钱人才买得起了。

曾经嘲笑过我们的有钱的收藏家们，现在正在我们后面亦步亦趋。因为评价高了，终于可以安心购买了。不过我们自己在钱财上依然不自由，现在这些变得昂贵的民艺品说什么都买不起了。我们经常被埋怨："托你们的福，都这么贵了只能望洋兴叹啊！"但他们这些人在便宜的时候是绝不会掏钱去买的。贵起来了才买的，是有钱人；而贵了没法儿再买的，是我们。

这种情况下，就高高兴兴地转手给有钱人吧，我们再用自己的眼睛去发掘那些被埋没的宝贝便好。幸好还有很多需要下锄的荒地，正等待着我们的到来。有钱人是否会再次揶揄我们的收藏？在被揶揄阶段，我们的搜集工作将会异常的繁忙。说到最后，到底谁才是幸福的收藏家呢？到底哪边是真正的胜利者呢？

作为本文结论，我们并不认为轻蔑我们的有钱人的藏品比我们自己的要优秀。而且在回馈社会时，我们是能做多少做多少，决不遗余力。虽然所费大约只是现价的百分之一不到，但也正因为做到了花费极少成效极大，才让我们足以自豪。若是还有疑虑，不如亲自来一趟民艺馆，到时候什么都一目了然了。

民艺馆的收藏

（一）

不知是否是为了消遣，有人把收藏家列了一个榜单。看来收藏这一工作到处都很活泛。其中还有不少著名人物，也有不少值得夸耀的名品。收藏是件容易上瘾的事情，所以耗费有时候也是极大。这世上若是没有财力，便很不容易做到。

但收藏家榜，跟相扑一样变动很激烈。能连续上榜的竟不可思议的少。或许是因为厌弃所以转手卖了，或许是想小赚一笔，或许是一时急需钱用，总之坚持不懈的收藏很是稀少。最初的热情洋溢与最终结局，很让人困惑唏嘘。另外，从简简单单便可转手他人这点上可以看出，其实他们对器物是没有眷恋与敬爱之心的。或许从一开始就只被当做了买卖的手段而已。所以，即便成为了一时的收藏名家，终究是无法持续下去的。而且一旦主人过世，藏品们大抵都会四散开去。或者是子孙不肖，或者是确有原因，下一代大多数都拿去换了钱财。因此，即便引以自豪的收藏，其命运也多是惨淡无果。

其他还有一类，所持有的藏品大都被锁入阴森的仓库，别说他人连他自己都几乎不看。而且这种奇怪的收藏竟不在少数。他们收藏究竟是为了什么，难怪经常会导致收藏上的心理性疾病。

（二）

最难得的是拥有高品质的藏品，将其捐赠给社会，让其成为公共之物。这种行为在日本还不多。欧美倒是常见，所以博物馆、美术馆数量也多，素材也丰富。可惜的是，捐赠行为的社会性意义，在日本还未被充分领悟，收藏作为私人财产的认识倾向依然十分强势。所以结局便是离散，最终丧失了存在的意义。若是能够成为社会公共之物，那无疑会发挥其真正的价值，起到形形色色的作用。不仅可以让更多的人一饱眼福，在学问研究上也自是大有裨益，从中悟出的真理不知又会有多少！

有位收藏家辩解说日本没有可用以捐赠的、值得信赖的美术馆。虽然听起来有点儿道理，但实质还是为私欲束缚的人所找的便利借口，是为公共心的缺失所做的辩护。依循故人遗愿，而将收藏移交法人管理的事，在日本是有先例的。比如"不折书道美术馆"就是这样一处优秀的存在。由此，故人对书的热爱与理解，便将永远流传后世，并将惠及一般大众。这种存在，跟一国的名誉相关。今后要瞻仰东洋之书的人，必定会拜访此处。

幸好民艺馆也是依循此番理念所建，是我们几个志同道合的知友共同努力的结果。现在作为财团法人变作了一处可观的存在。我们的收藏也超越了个人所有的范畴，全部向公众公开了。即便今后我们个人离世，收藏将会永存。不终于私有，而可以作为共有物回馈这个世界，让我们足以感恩！相信有很多人都将因此而受惠，因此而感觉愉悦。

（三）

既然被称作收藏，就应该有其存在的理由。然而这世上的收藏之中没有存在价值的竟意外的多。收藏本应当能够深化、提升、拓展文化的内涵，但实际的各类收藏却有很多只能被当做笑话。若是藏品太无聊、搜集方式太蹊跷、拥有方式错误这类因素存在，使之永存反倒令人困惑了。因此收藏还是要在"质"上有所追求，若质不过关，存在的意义便淡了，只能以个人的癖好为终结。

收藏必须有充分的道德性、美学性的内省。若是没有切实存在的理由，不如对这种行为加以否定更为妥当。收藏当然还应有崇高的目标，这样在其内容愈加深厚时，带给社会的意义便愈大。在此意义上看，收藏必须有增强社会意识的功用。公共性美术馆的设置，便是对这种理念的执行。美术馆，也即是公共的收藏馆。文化越是发展，对设施的要求便越高。因此，美术馆的质量与数量，是展示一个国家文化度的标准之一。我们民艺馆的心愿最终得以实现，也算是为国尽了一份责任。

想来民艺馆，作为民艺的美术馆，在日本是唯一。不，若是用一定的美学标准统一来看，我们的民艺馆在世界上都极为罕见。若是大家亲眼所见，一定会对这个事实有充分的理解。从建筑物的面积上看，或是从使用资金上看，不过是世上最小规模的一例。但若从质上看，便可以充分弥补这个不足。无论怎样，都是他人难以效仿的，是一番独自的创作。对日本而言，说是绝对必要的存在也绝不过分。

（四）

那民艺馆的收藏与其他的收藏有哪些相异之处呢？所谓特质又有几条呢？幸好还有一些引人注目的优点，我将逐条论述。

先说一下内情，其实我们从来在经济上就不充裕。因此，第一条便是最为缺钱的收藏家之一。或许会有人认为我们肯定是有很多闲钱，才能把收藏做得这么风生水起，但这绝非事实。跟有一些名气的收藏家比，我们所支付的钱财总额，是惊人的少。少到让一般人不敢相信的地步。收藏家为了一件藏品投入万元的情况并不少见，但在战前我们从未为任何藏品投入超过千元以上。战前买得最贵的用了九百元，而且也仅有一次。不但如此，连百元以上的都屈指可数。其他收藏家听说后，甚至说我们撒谎。但这确实是事实。我们不是因为一开始就有充足的资金，而是在各个时期用的当时能筹到的钱，所以全然没有买高价品的资格。

本来没有充足的资金应该是我们的一大软肋，但无钱却成就了这么一番收藏伟业，才正是我们感到极为自豪的理由。如果要说一句自负的话，在对等的藏品条件下，其他任何人都不会比我们花费更少。至少跟世上著名的收藏家比，我们所消费的金额可谓难以置信的少。大战前，听说有人为了一只茶器花费十几万，我们不禁会思忖这一只的代价究竟可以让民艺馆的藏品翻几番。所以若是有钱或许可以做出更为精彩的收藏，但如今的自豪与愉悦却是换不来的。其实有了钱以后再来做收藏之类，只是平凡之举罢了，我们应当承认自己的贫穷所带给我们的价值。

所以我们搜集的大部分藏品都是当时极为廉价之物，不便宜便买不起的事实在那里，高价品都在力所能及之外。但值得庆幸的是，高价不代表高品质，廉价也不一定就不好。不，廉价品中还有众多未被发现的佳品。所以若是想模仿民艺馆，就应当学习最大限度地活用最少的财力。

五

但为何能那么便宜就买到？莫非因为讨价还价功底深厚？其实不是，是因为本来就便宜，而要买到又便宜又好的东西，只有一个方法。此方法甚是简单，就是在别人认识到其价值之前买入。也就是搜集市价还未上浮的佳品。美术史家、鉴赏家、收藏家、古董商等都还未曾顾及到的器物，在还未曾顾及到的时期之内搜集为佳。这也并非什么秘术。历史学家也好收藏家也好，大都习惯性地对那些还未被承认之物视而不见。这也是创造性收藏能力的缺乏所导致的结果。

只要踏入了那样一个还未被承认的领域，我们这样在钱财上不自由的人也是可以阔步而行的。所以经常会觉得买得这么便宜真不好意思。我也经常被非难，说我的见解太过片面。但正因为这类批评家的存在，我们才可以不为人所扰，可以优哉游哉地自由展开收藏的羽翼。不过，不知是幸运还是不幸，我们搜集的器物，其市价总会在不久后便暴涨翻番。新的收藏家与聪明的逐利古董商，会把市价一级级抬高。这样一来，我们就买不起了，我们在经济上没有竞争能力。然而幸运的是，从经验上来看，我们最初挑选的器物中，佳品总是最多的。所以后来即便买不起了也无甚可惜。我们反倒可以把目光投入更多其他的无名器物上去。这世上还处于尘封状态的无名佳品，实在太多。有时我们甚至会想，是不是老天在特意眷顾我们这种没钱人啊。

六

例如朝鲜的陶瓷。现在价格已经高得离谱、高得无可救药,但我们对其倾注热情的那段时期,连有名的批评家也都说朝鲜的东西几乎没有价值的。所以当时我们被认为是笨蛋,是不分美丑的傻子。我们是多么感谢这段被嘲笑的时期啊,不然怎么可能那么多的名品会让我们这种没钱人陆陆续续买到手呢。真是庆幸的便宜啊。

后来这些陶瓷的价格渐渐高升,我们再也买不起的时候,我们又将视线移到石类上。民艺馆里大量精彩的石器,就是这样被我们买到了手。包括一只精妙的海东砚,也买得毫不吃力,简直跟白送一样。中国的吴须赤绘大盘类,现在人气甚高动辄千元万元,而我们在二十多年前只用了五元十元而已。回过头来看道具屋的动作,好像都是在我们搜集过后,便开始哄抬价格。这是一个极为明显的现象。后来,大约是昭和五、六年(1930、1931)左右吧,大古董商"山中"开了几次民艺展,更是为其添了几把火。

因此，早就有了市价之物、为人们所高度评价之物，都是我们无法企及的。比如初期浮世绘这类，我们想买也买不起。这类还是让给其他收藏家尽责吧。其他人已经在竞相搜集的器物，我们没有一定非收藏不可的想法。大津绘的收藏民艺馆是天下第一，但这也是托了买不起浮世绘的福。现在虽说大津绘也值钱了，当初我们买入时的价格，是全不能与浮世绘相提并论的。

所以，我们就是这样在还未被承认的领域中，搜集那些值得的藏品。于是渐渐地，积少成多，便成就了如今的民艺馆。若是这里的藏品当初就已经是被开发被介绍过的，便没有我们发挥的余地了。而且，在别人花大价钱买入的那些高价品中，其实并没有多少我们十分想要的东西。假使我们钱财足够，大抵也是不会去触碰的。我们就是这样用最少量的钱做了最有效的事，这也是民艺馆与其他收藏最为明显的不同之处。回顾周围，我们还未发现有同类的。

而我们常去的古董商也并非有名的古董商，是位处其下的道具屋，甚或可称之为杂货店。另外还有早市之类，有时是乡下连名称都没有的杂货店。

民艺馆的收藏／

（七）

我们大部分的收藏都是新的发现。发现总是伴随着愉悦，还有与之相伴的感谢。大概在收藏上，总能体味开拓的喜悦这点，是我们比其他收藏家更为幸福的理由。我们所收藏的大部分器物，都是迄今为止被遗弃之物，还从未登上过历史舞台。因此没有可以依据的任何文献，也没有任何引路人。反倒常常成为别人的笑柄，被称"买便宜货"的人。我们自己只是很奇怪，为何这么多佳品会被埋没。历史学家的见解也常常让人生疑，他们的目光经常为旧习所囿。我们不能受其困惑，应不客气地拿出自己的见解来，开拓出一条新的道路。值得庆幸的是，同好越来越多。

近来经常有人埋怨我们说："托你们的福，都这么贵了只能望洋兴叹啊。"但他们在尚且便宜时却是不肯买入的，只有价格上来了，其价值得到了承认，才会想到该买入了。若是便宜时就被他们买走了，那也就没我们什么事了。他们大抵都是不贵不买的一类。"只能望洋兴叹"的埋怨，好奇怪啊。

按照我们的经验，每当我们在搜集过一类器物后，其价格很快便会暴涨。收藏家也会增多，似追我们而来。那我们该做的就是把余下的工作交给他们。我们自己已经买不起了，因价格高涨而困惑的是我们。不过也无甚可担忧的，我们继续开拓其他的荒地便可。等待我们前往的处女地还那么宽广。

（八）

我们的收藏，是对应得到承认却还尚未得到承认之物的辩护。这类器物多有被粗鲁对待的情况，总是让我们倍感心疼。我们的收藏若有值得夸耀的特点，那就是开拓性。也就是说，这些藏品，是我们的创作。由此，我们成为了这些器物美的价值孜孜不倦的报告者。命数真是不可思议，若是我们握有充足的资产，很可能就做不到这一点了。或许正因为缺乏足够的钱财，才让我们走上了创造性的这条路。幸好我们的收藏没有可模仿性，也没有追从性。与收藏名器的收藏家们，在立场上是不一样的。所以我们这样的人可以自由地在收藏界阔步前进。

大概谁都知道，我们着眼的对象主要是民器、杂器。

这类器物通常被认为是下品，其价值未得承认，所以廉价也是理所当然。大多数收藏家感兴趣的是有名之物，是留铭之物。我们反倒对无名之物、遗弃之物感兴趣。

不过我们也不是最初就有这样的意识，而是收藏的结果这样告诉我们的。当把看中的器物们集中起来呈于一堂时，我们才意识到其中大部分都是迄今为止被遗弃的民器。再追溯缘由，便发现是看物的眼光的不同。这便塑造了民艺馆一种特别的姿态。实际上，民艺馆中的大量藏品，在其他美术馆是找不到的，而且在历史上也是不曾有位置的。这就愈加明确地彰显了民艺馆存在的理由。

九

那究竟为何其他人会转口承认这些从来未被承认的器物呢？这些曾被埋没之物为何会再次发光，这其实很简单，也无甚秘诀，只要用心直接去看物，便可。其他任何理由都不需要，若非要称之为秘诀也未尝不可。

用心直接去看，意味着看物的眼与物之间没有任何中介物。比如知识、文献、评价、主义之类。只要直接去看物便好。可惜的是，大多数人在看物时，大都是概念先行，这样一来，除了与概念相符合的器物以外，其余的就见不到了。概念，也就是所谓的有色眼镜，其下之物是映照不出来的。就好像是一开始就做好一个框，再用这个框来眺望器物一样，只看得见刚好合框的，不合框的就即刻废弃了。因此这不叫直接看物，而只是在概念包裹下看而已。这样是看不出器物真正的姿态的。

比如对于样式的偏执、对留铭的在意、被评价所牵引等等，当样式不合、没有留铭、尚无评价时，就对其全然无视了。所以与其说是在看物，不如说是只在看样式、只尊重留铭、只在意评价，而对最为重要的器物本身却视而不见，实在是愚蠢的行为。还有很多人因为在意瑕疵，只收藏完整品的。这种情况与其说是喜欢器物，不如说只是喜爱完整罢了。其所得见的范围，是异常的狭小且不自由。也有人以为价高就必定是佳品。商人正好利用了这个心理，可以好好从中大赚一笔。不可思议的是，这样被商人牵着鼻子走的收藏家意外的多。这些虽然都是缺少见识的例子，但根源都在于没有用心直接去看。这样是不会在收藏上有所成的。

民艺馆的收藏 /

（十）

大抵在自己没有足够眼力时，若是不依赖其他就会感到不安。那些概念也就是可依赖之物。文献、留铭、评论这些都是重要的依赖。因此，若没有这些依赖便会感到不安。但是，所有这些也都不过是一种尺度而已，为何不亲自直接去看呢？看物时不需要其他用以衡量的尺度，没有更好。若是用了那样的尺度，除了能用这些尺度衡量的器物之外，其他都见不到了。这世上多的是不能用度量衡去度量衡量之物。这类尺度会束缚人的见解，令思维丧失自由。真正佳美之物，是无法衡量的。能用尺度衡量的美，高度也都是既定的。所以至少美的自由，是超越衡量的。

我们民艺馆的收藏成为可能，是因为从未用过那样的尺度，只是直接去看物得来的。我们从未用概念去看物，就从来没有那种习惯。也即是说，在概念发挥作用之前，就已经看完了。这也是自由运用直观的结果。用较为深奥的词汇来称呼，便是"概念以前的认识"。这对看物来说，是比任何其他都重要的一点。直接用心去看，就是直观。

只要率直地运用直观之法，眼前便是一片令人惊异的光景。这是一种无拘无束的方式，所以所有器物都会在印象中有明显的改观。因此至今被遗弃的佳品会重新苏醒过来。而同时也会意识到，至今被高度评价的器物里面其实也存在很多的错误。我们的收藏是开拓，是创作，这也都是因为直接用心去寻来的宝贝。

佛教里有"本来清净"、"本来无一物"的说法，还有"无心"一词，倘若一旦无法回归无心的境地，便不成为其宗教生活。同样，美之相若要直接去看，即所谓"一物不将来"，是不能凭借其他任何中介物的。空手便好，空手才好。要将心置放于率直、自然的状态。这样，物才会直接映照出来。不能有其他用以衡量的尺度，必须要做到"无心"、做到"无住心"。回归了这种境地，才能在见解上得到真正全然的自由。

（十一）

把直观当做"新鲜的印象"也无不可。想让直观纯粹地产生作用，就把自己放在能够得到物的新鲜印象的位置上。当然不可站在令印象蒙阴或变得暧昧的立场之上。至于概念先行为何会成为极大的障碍，那是因为概念先行会令印象凝固。能够得到的，不是印象，而是知识。由此，物便不会直接将身姿呈现在人的面前。知识从始至终都是间接性的。"见"与"知"很不一样。

因此在看物时，必须将自己的心置于纯粹的、无混杂之气的境地。正如前文所述，要有一颗率直的接纳的心。不要让小我露出身影，而应培育出一颗充分受动的心。纤尘无染的镜子，所映之象才最为鲜明。只有充分接纳了，直观才能自由地发挥作用。以思想之类来引导，是最不可取的，那将会束缚印象。而在看物时，知识也是退得越远越好。

第一印象如何非常重要。因为第一印象呈现出的是最为新鲜的东西，同时也是最为明确的，最为确实的。直观原本就不容许疑惑。直观的世界里定然是没有踌躇的。因此，若是物的价值不能即刻被看穿，即在判断上有所犹豫，则意味着直观的钝化。假设第一印象出错了，那也不是直观的错，而是直观上有了阴影，是直观并未纯粹发挥作用的结果。本来直观是不会产生谬误的。鲜明的印象就是确实的印象。直观便是即刻，越是即刻，越是确实。或者可以反过来说，因为鲜明与确实，所以即刻就知晓了。而逡巡不是直观的行为，纯粹的直观没有时间上的踌躇，而是即时的、确切的。这才是无以取代的直观的意义之所在。

（十二）

有人认为直观只是一种主观而已,但直观有着主客以前的功效,那是一个主客还未生出的境地。若是主观或者独断,那只能说是直观衰亡、概念迷茫所导致的谬误而已。独断就已经不再是直观。同样与主观相对的客观,还并不确实。只有超越主客的认识,才可以确实。

我们并没有否认概念的存在意义。只是想告诉大家,物的价值判断,应以直观为基础,其后再用概念去整理才好。先直观、后概念,这个顺序不可乱。否则物的本质是无法看穿的。

本来直观就是对事物的综合性把握,而概念是对事物的分析性理解。前者见的是"整体",后者知的是"部分"。从这里也可以明白,先直观、后概念的秩序有多重要。从统合,即未分的状态进入到分别是可能的;但要从分别来捕捉未分,则是不可能的。从直观迁移到概念是可能的,但要从概念里派生出直观则不可能。就好比一整块布可以裁作几小块，而一旦裁开，再缝起来就不是原先的一整块了。

本来用概念来判断的，都是部分的静止的东西，里面并没有动态，没有整体。动态的若是用概念来判断，则已经成为静止之物了。因此只有直观才能捕捉到物的活生生的本质。若是一旦用概念来分析，其动态属性便消亡了。概念无论多少都可以，只是要在直观之后拿出来。先直观后概念，先发挥直观的效用，那无论何物的本质都无所遁形。收藏想要做得优秀，一定要把重心放在直观上。这个世界的收藏里有很多谬误，其缘由都是没有给予直观充分的自由。

十三

我们的收藏还有一处与其他不同的地方。因在选择方式上我们别无参考，所以未被名气所左右，而且对历史也并不十分在意。未曾被留铭与否、由来、传承等因素所影响，也未曾囿于流派与样式。没参照过文献，也没被固定观念所左右，更没被商人牵着鼻子走。这些所有一切都被抛到脑后，我们只一味地直接去看物。眼与物之间，没有其他中介物，也即所谓将所有的物都直接、重新地看了一遍。而由此挑选出的佳品，便是如今民艺馆的收藏。

或许有人会质疑我们，难道不是摆出了民艺论这个观念形态来对器物做的判断？但我们的民艺论，只是把经过直观得来的经验，再加以概念性地整理，最后才得出的理论。我们并非一开始就依循理论来看物的，为了让后来者可以通过知识性的东西对民艺有所了解，我们才尝试着把理论整合起来。即为了说明而添加的。而我们的出发点，只是单纯的直观而已。如今这个出发点才正是我们的理论中最为强大的支撑。

某种理论中若有直观性基础，那必然伴随着信念的产生。所以民艺论也接近于一种信仰的表现，并非单一的知识主张。如果只有理论，其生命必不长久，但信念是永生的。因为信念里，牢固地掌握着某种不可冒犯的东西。民艺馆的工作便是这种信念下的工作。不是单纯的主张。我们的收藏当然更不会是单纯的兴趣。

十四

我们看其他收藏家的藏品时，总会感觉失望，其原因就在于藏品的不统一，即便是拥有很多极佳之物。几乎所有的收藏家都同时拥有很多丑陋之物，且心平气和。原因何在？民俗学上的收藏，本来是用作研究素材的，对物的美学价值并没有要求。所以没有统一的价值标准也是理所当然。但还是需要对重要资材与非重要资材进行取舍，这其实也是对统一性的一种要求。而作为艺术性作品的收藏，那更必须要有一种严格的价值判断才行。明显缺乏斟酌与取舍的会显得很矛盾。多数收藏家都是有"取"无"舍"的情况居多。因此藏品之中总是玉石俱在。这说明人们对这点的理解有多么滞后。若是分不清什么是丑的，那必然也分不清什么是美的。与收藏的生命相伴的，就是统一性。这点为何如此艰难？我们认为是直观性基础的贫乏所导致的结果。如果通过直观做过选择，那便不会存在不统一这种失误。缺少统一性，藏品内容的精彩度将直线下降。

若是可能，收藏应当优秀、有权威性，应当拥有作为整体难以侵犯的力量。倘若有一个俨然直观的立场，那这种收藏自身就有可靠的感觉。而依循知性概念的人，一定会不断地左顾右盼，并同时与不安怀疑相伴，拥有自信终将是不可能的。藏品中玉石混杂，也是其宿命的结果。通过概念去选择，是错误的。课下，大多数收藏都没有经过精挑细选，选中一些本不该选的东西简直是悲剧。所以当然也就存在该选的东西而没被选中的情况。这便是没有独自立场的证据。

如果要提民艺馆对这个世界的贡献，那就是为大家提供了一种崭新的、经过整理的、统一的美。

十五

目之所及的所有东西都要重新去看，所以我们的选择范围不会仅仅局限在某一范畴，必然极广，造型美的所有领域都是。这世上经常有人只见树叶不见森林。收藏虽然没有必须涉及各门各类的法则，但即便只专注于一类，也还是需要有对其他门类的理解才行。比如收藏陶瓷，若是真正领会到了陶瓷的美，其他工艺品的美也应当明白。陶瓷并非孤立于这个世界之物，所有其他工艺品都是与之相关的存在。然而我们经常会见到很多人除了自己的藏品以外，对其他都无甚了解，而且态度冷淡。若是可能，希望大家都能有一个综合性的见解。即便收藏的仅有一种，也要对生活中所出现的其他所有的造型美都有所了解。这样就可以避免见解的片面性。

我们的收藏必然会涉及所有领域，但这并不意味着仅仅追求收藏量，当然更不会以众物杂然并存的集合为目的。这里需要注意的有三点。第一，要通观所有领域，不可囿于一隅。第二，要详细分清什么是宝贝什么不是，不能在任何环节忘记以质为主的教训。第三，需要保障所有器物的统一性，要找出相互间的深层关联。如果仅仅扩充范围、增多数量，成就不了优秀的收藏。必须以质为追求、以统一为目标才可。若能做到这些，那么藏品整体便会如一件作品一样呈现在你我面前。而若只是杂然的集合，器物个体之间便是隔断的，相互间不会存在有机的联系。优秀的收藏，是浑然一体的创作。

我们民艺馆自身，一直在努力成为一件整体的作品，有缘得见的人一定会对它的这种特性深有感触。

十六

最后，就民艺馆内所陈列的展品内容做一个简单的介绍。相信可以让大家更清楚什么才是收藏的所谓独自性。

到访的朋友可能已经注意到，展出的大部分器物都是其他美术馆所见不到的。下面列举一下这些器物的共通性质。

其一，大部分都没有留铭。我不是说留铭的就没有可取之处，只是想告诉大家无留铭品中也有很多精妙之物。或者不妨说这种精妙之美正是源自于无留铭。

其二，大部分都是与民众生活息息相关之物。我也不是说贵族用的就统统不好，只是想展示一下与大众相关的工艺品之美。而且这些器物也正因为其民众性质，所存现的美既深且厚。

其三，几乎所有的器物都有其实用性。这并没有否定所有其他的鉴赏类作品，只是想告诉大家鉴赏类很容易陷入各种病症，而实用类的器物之美却是有保障的。

其四，在性质上简素而健康的器物极多。由此也可知晓，简单安全，是与美有必然联系的。

其五，大部分都是传统器物，也即是国民性的。馆里从他国借用的器物并不多，有些受过他国的影响，但也是经过充分咀嚼消化后而造就的。因此在民艺馆，谁都可以看到真正的"日本之姿"。

其六，所有陈列器物都展示了工艺性之美。绘画、雕刻类也是在工艺范畴内挑选出的。在此，器物之美、工艺特性完美地合二为一。

至于为何这些器物特别拥有美的价值，则是民艺美论应该讨论的问题了，这里略过不提。我最想告诉大家的是，我们民艺馆中，没有陈列过一件不美之物，仅此。

十七

我们把这些在民间所用、无留铭且健康的实用器物称作"民艺"。即便挑选的并非民艺品这种情况，民艺品的美化这一相同法则也将发挥作用，让我们选中真正美的。我们过去从未主张过不是民艺品就不美这种观点，只是指出民艺品外的优秀器物其实并不甚多，而民器类却非常多这一事实。

我们所收藏的民艺品，直至今日几乎全部都还未得到公认，所以工艺正史里也未曾记载。而且都是其他收藏家们所鄙夷不屑之物。在普通观念里，民器类都很卑贱，全无鉴赏价值。所以民艺馆才要用如此丰富的实例，来颠覆历来因袭的错误见解，即价值颠覆。

到底孰是孰非？时间将会证明我们的直观不会有错。我们已经没有任何犹豫。近来对民艺的关心开始炙热化，这可谓必然。未来的历史,将从民艺领域中获取丰富的素材,因为众多需要改写的地方会被逐次发现。将来的美学也应该不会把民艺美论闲置一旁,民与美的关系无疑将成为重要题材。日本的美学不可能无视其存在而独立孤行。

我们为将发现的此番真理回馈社会,于是着手创建了民艺馆。如今已成为共有财产的一种,为普通大众所亲近。我们毫不怀疑,今后将有更多的人会从这些收藏中汲取更多新的养分。而且对国家来说,民艺馆也是必不可少的。

十八

民艺馆是一座小型美术馆,仅有十间展室。虽比不上大型美术馆,但仍有其充分的存在理由。特别是旗帜鲜明、有条有理的展示,比之大型美术馆更有韵味。民艺馆是典型的小型美术馆。

馆内藏品约有两万件,其中借用品、寄托品数量极少。这是与其他大型美术馆显著不同的一点。由此也可知,民艺馆的藏品是怎样一种独自的存在。馆内每年会有五次展品陈列调度。

藏品中古董、新品共存，特别是后者，已成为当今日本的明证，意义重大。即便退一步讲，本馆的收藏也是在其他地方见不到的，特别是其中的各类民器。

古董之中的大部分都是江户时代的。其理由的消极性因素，是江户之前的器物很难到手；积极性因素，是江户时代的民艺品最为发达。这段时期也是民众文化的时期。虽然被批判为锁国时代，但也正因为这样日本才真正作为日本站了起来。很多纯日本的东西都是这段时期生成的。

藏品中的古董在数量上还不尽如人意。但是件件都是有代表性的器物。比如世间有名的古九谷、古伊万里、志野、唐津等，很难想象世上会有很多其他地方的藏品在质上能超出我们民艺馆。古丹波之类，大概就是独角戏了。另外比如拓本，虽没有多少，但我们的宋拓六朝书，他处是绝对没有的。还有极为民众的衾面、灰釉碗、大津绘之类，也都是其他美术馆没有的。而现下特别是冲绳之物在熠熠生辉。

大部分是日式器物这点就毋庸多提了，其他还有一些中国的、欧美的。而最值得夸耀的是朝鲜的，无论种类数量都很可观，其中还有不少逸品这点也是为大家所公认的。特别是石器类，除本馆外，我没见到其他地方有集中收藏的。

当然并不止于器物的选择，我们在展品陈列上也是倾注了大量心血。像民艺馆这样陈列得如此完美的，还有他处吗？陈列是一种技巧，同时也是一种创作。

十九

我们是否替自己说得太多？回顾这段历程，如今民艺馆已成了客观的法人代表，我们终于可以第三者的立场出发，可以毫无踌躇地将其特质论述清楚了。若是还有对我们的言论表示不服的朋友，请清空心中杂念，亲眼看看这里的器物，相信会有足够的收获。若能通过美品交心，我们的愿望便算达成了。

（1943年记，1955年追记。）

民艺馆的收藏／

工艺性绘画

本文或许与曾经的《绘画论》中有几处重复，但我还是想就有工艺性质的绘画作一番独立论述。这个题材，有着足以唤起世间舆论的丰富内容。而且曾经的绘画论也有修正的必要。若能不再受因袭困扰，能重新回归活生生的直观，那对绘画的见解定会重新有一番建树。

$$(一)$$

总之我是十分喜爱工艺性绘画的。纵观我所中意的画，都是或多或少有其工艺性质的。我不是将此作为一种嗜好来论述，亦非经由特别的理论来构筑的主张，我只是把物置于眼前，再率直地对这个事实加以论述而已。所以才得出了这样一句：所有佳美之画，都是或多或少有其工艺性质的；而尚未达到工艺性之美境地的画，还不够美。

工艺性绘画／

二

工艺性与物之美有着紧密的关系，此番真理至今还未被明确指出。即便有人已经意识到了，但对被认为是处于美术下位的工艺，总会在评判其美的性质上颇感踌躇。因为在习惯上，工艺总是从美术的视角加以批判的对象。每当看到工艺品时，马上会考虑里面含有多少美术性成分；而当看到美术品时，却不会去想里面含有多少工艺性成分。所以"美术性"这个词竟成了衡量美的轻重的砝码。在这种情况下，"工艺性"一词谁都不会用，连工艺家也以"工艺美术"为目标，因若只是单纯工艺品的制作，会让他们逡巡不前。而把美术作为工艺性之物来看的人几乎没有，因为实在是难以想象。

所以，我的此番提案被当做无谋之举也在所难免。但他们的思考就没有被禁锢之处吗？到底是否是直接看物之后得出的结论呢？我的眼睛不承认那些，这是物对我的告知，告诉我所有的绘画都是在逐渐提高其工艺性之后变美的。

三

比如画一棵树。如果能极其逼真地将其画出，通常会被认为是好画。因为忠实的描写是传递真实的正道。但其形其色全都来自于外部模仿，就真的能成为好画吗？画还是应当主动地让树成为一幅画，不是树画，而是画的树。树与其画必须是相异的。所谓描画，就意味着让树更成其为树，即把树熬煮浓缩成一幅画。所以，比起那棵树自身，画要更多更好地将其展现出来才行。由此可见，以写实为目的的画还难以成其为画。好画里面可以没有树，却呈现了树，要把看不见的树画得看得见。这也即是说，好画里面会有更像树的树存在。我将这种画称之为工艺性绘画，难道不是最为妥当的称呼？

因为到了这个境地的树画，其图案会被熬煮浓缩，其他没有任何多余，只剩必要之处。同时还总是伴随着对不必要之物的省略，对必要之物的强调。这不正是图案的性质吗？这是超越了写实的真实。这样的夸张不是虚伪的表现，而是真实的表现。好的图案总会在某种意义上呈现出好的夸张，所以会带有怪异图案的要素。树的画成为图案，才算真正成为了画的树。好画与好图案是两位一体的。

（四）

图案可谓单纯化的画，是画被精华后的姿态。图案还可以成为型，所谓型，是一定之法度。在物回归根本时，型便会现身。所以也可把图案称作法度之画。反过来，画达到一定之法度时会成为图案。如果其型还未成熟，就不能被称作已成图案的画，倒是可以称为接近图案的工艺性的绘画。没有工艺性，就没有图案。图案是工艺性的姿态。画到达了这个领域，会愈加美观。因为图案是绘画的结晶态。在这层意义上，肯定是没有比图案更像绘画的画了。任何绘画都是进入图案领域后才更成其为画。

（五）

历史上回到中世便可发现，这种性质尤为显著；再往前，可以说所有的画其实都是图案。六朝、汉代，或者拜占庭、罗马风格的绘画，都昭示出这个事实。雕刻也悉数是图案性的。那些时代里几乎没有丑的作品说明了什么？绝非只是因为年代久远所以美这么简单。难道不正是因为器物是工艺性的么？在还未曾孕育美术的那些时代，便是工艺时代。美术从工艺中独立出来，还是近世之事。

不可思议的是，美术时代的美与丑的界限竟如此分明。可以认为这是由于工艺性的要素苏生与消亡的缘故。而今工艺领域中丑的器物也数不胜数，这不正是工艺献媚于美术的结果吗？不正是因为工艺未能守住其原本的立场吗？

美的绘画，与其说是美术性之美，不如说是工艺性的美更为恰当。工艺性一词，比美术性一词更能解释清楚。美术性这个标准，只不过是个人主义时代理所当然的产物。而把美术从工艺中分离出来，到底是否正确？本为一体的东西，被强行拆分为两件，难道无罪？再次谋求与工艺的结合，难道不正是美术应追求之道？这种拆分，是工艺的悲剧。

（六）

当今的画家是怎样在考虑下文所述之事的呢？都说画

是一个人所绘，是这一个人自己的路，与他人的工作无关。天才不能招致掣肘。偏离个性的绘画只是可怜的存在。最有个性的绘画才是近代的画。所以，绘画无非是个人的事，个性越是鲜明，其作品才越精湛。当今谁都认为是这样。

但是，难道就不能两人一起工作吗？就不能三人、四人一起作画吗？就不能够很多人集聚一起共同产出作品吗？若是相互间可以同心同志、共同作出一幅画，难道不是一件幸运之事吗？不是一个人就画不出，只有一个人才画得出，这并非自然之态吧？确实是存在只有一个人才画得出的美，但同时也必然存在更多的只有多人合力才能画得出的美吧？这种画难道不是更有意义的画吗？不愿认真考虑这点的人，谓之狂人或许也不为过。是时候想清楚把画仅仅当做个性的产物究竟对不对这件事了。如果协力共存的理念深入人心的那一天到来，不是一个人就走不通的道路还会受到至高的赞美吗？

（七）

我之所以提到这件事，是因为工艺性的东西正是众多协同体的表现。至少能够明确指出的是，共同性的工作，必然会带有工艺性。近代有一词叫"分工"，可是与其理解为"把工分开"，不如看做"把工合拢"更为妥当。最美的工艺品正是这种合工的产物。这也是工艺本来的特性所致。其结果是，工艺性的东西必然带有非个人的性质。不是源自个人之力，而是源自多人之力。

所以才没有留铭。并非仅仅是一位天才的作品。大多数作品无论是谁在何处所作，大体都达到了相同维度的美。因此其璀璨夺目之处，便是非个人的美。通常工艺性的东西，大都有这个特性。也可算作止步于个人的工作、还未充分到达工艺性阶段的证据。本来工艺之道就不是个人之道。所以工艺性的东西才有非个人的美。

这里所讲的并不是说所有个人的作品就是丑的，而是说那种美深入下去之后就会被拔高成为非个人的东西。那时的绘画必然会带有工艺性。非个人性与工艺性有着密切的关系。这条真理是否被当今的画作者们看漏忽视了呢？

八

另外不知画家们对下文所述之道作何感想。在崇尚个人自由的时代，作画会讨厌各种束缚。无论画什么都是个人的自由。没有这种自由就没有美的画作。美术之道就是从这种主张出发的。但这条道是否就是通往美的唯一之道、最后之道？而且这条道是否就是所有人可以走、能够走的一条道？这种反省无疑对绘画的将来有极其重大的意义。

画什么、怎样画当然是自由的，但自由画出的并不一定就必然是美的。完全活用自由并不容易，不知世上到底有多少画家可以做到自由却不犯错？所以，此道仅成了天才之道。但即便是天才也会常常因自由而走了岔路。近代作品里丑物太多，难道不是滥用自由而导致的无以规避的结果吗？在自由缺乏的过去，丑物反而甚少的现象该如何作解？我们应该明白，此处的自由是险峻的坡路。

那不如另寻平坦、宽阔的道路去走。难道这不是更合常理之事吗？过去那些优秀的绘画大概就是经由此道而作出的。不是自由的，而是有秩序的。虽然自由选择画什么、怎样画是一种幸福，但若是有一个画出来就是美品之法，不是更为幸运吗？法有其必然性，只要顺着规则去做就不会犯错。尝试一下依循此法作画怎么样？而不是自己想当然地去画。自由不是通过逾矩来获得的，而是在规矩之内被确保的。在此，若是没有服从，就没有更大的自由。就跟棋子依循游戏规则在棋盘上滑动一样。不知游戏规则的人只能瞎闯。

九

或许会有人问此法哪里会有。找不到此法，难道不是作为美术家推崇自由的结果吗？若是作为一个工艺者，寻求工艺之道，一定会切实感受到没有法就不可能有道这一点的。工艺性的美，就是法之美。或者说，在面对法的时候，物会带有工艺性的特质。在看工艺性的作品时，大概都会注意到依法而绘的这个显著特征。这里的法，也可以称之为型。画在达到一定的型的高度后，再进行完善。工作不纯熟就难以达到型的高度。

在过去，宗教画连题材都是规定好的了。而且不光题材，描绘方式也有一定之法。描绘人物，有画眼、口、耳之法；描绘自然，有树、河、山之型。这些组合就可以完成一幅画。或许有人会觉得太过拘束，但就是这种拘束，生出了极为精妙之画。另外建筑、雕刻、绘画、器物等都有各种各样甚多的实例。汉画里最美的彩箧绘漆，难道不正是有型之作吗？（参照《工艺》五十七号）三墓里的四神、法隆寺的壁画、六朝的雕刻、罗马式圣像、十五世纪木版插绘，没有一种不是法的作品。

为何这些作品里面几乎没有丑物？因为有规矩有法，所以失误少。只要有法可以依循，谁都可以走进这条道。把这些作品看做是天才之作，是对工匠们的侮辱。工匠无疑也能作出精妙之作。万一他们作出了丑物，那只存在于型还不够好，或者型被错误传达的情况。法，超越了个人。这样的作品必然会回归到非个人性的特质。站在自由之上的，是个人；经由一定之法的，超越个人。古代作品里传统发挥了主要作用，是必然的结果。个人的作品也美，但最终还是超越了个人的作品更美。所以最美之物，总会在某处多少有些工艺性的地方。

十

这里我再对民画的性质作一番论述。所谓民画，是由民众所画、为民众所画，且以民众为购买对象的绘画。这是一种典型的工艺性绘画。（例如大津绘、小绘马、泥绘之类就是最好的实例。）为何民画会有工艺性之美？第一，因为这些并非个人之画。创作者是无名的画工。他们原本并未有志于追求个性的表现。所以也可称之为没有天才的世界。画工不是一个人，而是相似的一大群人。一幅画大概连家人也会添上几笔的吧。这是一种只要习惯了，谁都可以胜任的工作。而且，连画题也都是定好了的。就这样反反复复地画。

为何这样平凡的工作可以造就那么不平凡的美，其原因都在于工作被纳入了一定的型之中。他们的才能即便不足，也因为有法的依靠，所以甚少失误。只要绘画完成，成为民画，就不会有丑陋的。这是最为安全的作画之道。如果有丑画出现，那大抵是因为跳出法与型，去追求自由所引发的罪过。民画的画工们是谦逊的，他们只是把绘画当做一种渡世之业，没有要画出最美之画的自负心。因此民画总是被鄙夷，被称之为下品之画。但这也正好说明，画作者本身并无妄念。民画是这个世上罪过最少的画。这些都促成了美品的完成，无需思想之类的搅扰。所以才能以最为至纯的姿态，把民族信仰道德情操等渲染烘托出来。

因为有一定之型，所以画才成其为图案。有这种特质的画，就是工艺。这种美，从美术的角度是无法说清的，因为这种美并不以美为目的，也不是个人才能所孕育出的。无论哪个国家，民画都是工艺性的绘画。没有工艺性的特质，就不算民画。

十一

所有的画家们将来所应考虑的一点是，止步于仅画一张画或者仅能画一张画，正确吗？虽说只要是美品，一张也没错。但如果相同的美品能够大量画出，不是更好吗？如果觉得有道理，那转而寻求可以大量作画之道如何？这种作画之道究竟有没有？虽说美品绝不可粗制滥造，但那其实是作画方法出了问题。如果条件满足了却还是仅能作出一幅画，反倒让人觉得奇怪了。唐代有名的《树下美人》图，无论多美都是可以大量绘出的。而且无论怎样的图形都是美的。没有只能画出一幅的民画。这种现象是如何产生的？只要画成为工艺性的，就有了可能。

工艺的本质在于用途，用途不会是只为一个人，会寻求对多人或者众多的人有所帮助。工艺是"多"的工艺。多，则有反复的需求。能够反复的作品，才真正可以被称作"工艺品"。若没有大量制作、能够大量制作的特性，就难成其为工艺品。

十二

因此能够反复的画必然会成为工艺性的绘画。让这种反复容易起来，有多个前提要素。其一是画题被制约。制约可以被理解为在画题上不自由，不过正因为有制约，才可以在其范畴内充分自由发挥。如果什么题材都可以手到擒来，那不是太骇人了？事实上当然是不太可能的。近代绘画的缺陷就是对自由的滥用。对画题贤明的取舍，可以确保安全，可以让反复变得容易。

制约另外还可出现在描画样式上。规定如何去描画，可以让工作变得安泰。描绘方法若是在样式上不纯熟，就会在反复上迟滞起来。而正是这种反复才能让作品去芜存菁、变得简洁。反复在此是确保美的必要条件。

美的绘画绝不是仅有一张才可称为美品。我们不能忘记正因为有反复大量的作品沉淀才变得更美的绘画的存在。仅能画就一张的，一定是有某种特殊情况。没有人可以断言，美品就不可能有大量作出之道。仅少的一些画，是不能让世间变得更美的。仅少的画没法让民众觉得亲近。绘画还应该更加延伸至大众之中，跟大众亲睦才行。幸亏工艺之道为其提供了可能。所以为何不更加重视一下工艺性绘画的价值呢？更何况美的绘画，是要在工艺性之中才能被充分发掘的。

十三

想来画家单独作画，是始于个人主义的近代。之前的画大都是带有插画性质的，即公共性绘画。寺院的壁画、圣像之类也属于圣典插画。如当今这样把绘画当做私有的习惯，无形间降低了插画的地位，但插画所含的社会性意义无疑是极大的。而将插画当做次要的工作是否有欠思虑呢？插画的意义若是得到了充分的了解，绘画的情形定然会有所改变。那时公共性绘画、数量性绘画无疑会有很大发展。而这也必将成为深化绘画之美的契机。

对量的需求也必然会有从手绘到版式插画的变化。木版、金属版极大丰富了插画数量，使画成为可以完全反复的画。所以就插画来说，其工艺性特质便越增越多。

而且版画加深了绘画的非个人性特质。这种特质是在手绘时由无数的反复而造就的。而版画有刀的雕刻，有纸的印刷，更是隔了三重四重。甚至还出现了非版画不可呈现之美。这种美不是生硬的，而是一度回归自然的美。回归了自然就超越了人。版画之美，是工艺性之美。

（十四）

为了让读者更为信服，在此我举个例，比如为人所熟知的六朝字体。知晓文字之美的人，谁都有这样的感觉，没有更多的其他字体能够超越六朝。可是为何六朝字体会那么美？其美在何处？不如这样解释，因为那是极其精妙的工艺性文字。

第一，那并非个人的字，无法得知是谁所作。倒是可以称之为时代的字，也就是当时所有人的字。但为何能成为所有人的字呢？为何能成为代表时代的字呢？因为它已经超越了自由个人的书写，成为了一种法式。其间随时代变迁也多少有些变化，但称作六朝的一定之型却从未走样。人人都依循这个一定之型来书写文字，而非个人的自由书写的结果，不是各种各样形形色色的字。是传统的生成，以及对其忠实的服从，才造就了这样的文字。那个时代的个人的字，是难以留存的。

因为是型，所以对笔致、线条是有一定之规的。谁都不可能对如此有特色的六朝字体视而不见。文字在一定之型中熬煮浓缩后，必然会接近于图案，于是看起来较之文字，不如当做图案更为妥当。而且可以这样认为，正因为化作了图案，所以才能溢现如此的美。或者还可以这样理解，六朝人的感性已经上升到没有一定之型就难以下笔的高度。此例可当做工艺性文字的代表。

其美始终都是非个人的、普遍的。因此若是刻在石上，则更能增厚其六朝的风韵。因为当凿子一锤锤凿在不自由而坚硬的石面上时，文字则会离个人的手书更远了。而由此又把文字引向了更为深层的客观性的美。

但若是石雕拓本呢？文字之美将臻至顶峰。我们大概是找不到比拓本更美的六朝文字了。因为这种字体已经被更深一层地工艺化、图案化了。

综上所述，美的字体总是工艺性的。版、拓等间接之道会始终守护着文字之美，因为那样的文字会回归自然。如果手书的文字也美，那肯定是经过大量书写、去芜存菁的结果。经由这条路淬炼过的文字，已经接近于版，成为一定之型的字体了。或者还能更进一步到达图案的领域。若是欠缺这个要素，就无法成就充分的文字之美。

我希望本段的说明可以对画的鉴赏有所帮助。

㊎

将来所有的画家都将面对一个更大的问题，即美与经济的关系。近代个人绘画都异常的价格追求。说是其为稀有的天才之作，价格自是昂贵。而画家的存在也被归入了特殊的一类，各种自由，奇癖和道德败坏，都时而成为了画家们被允许的特权。但这种地位是必然性的吗？画家也是社会成员之一，这无可辩驳，但为何可以跟平常人不一样？难道做寻常之事就会降低作品质量？近代绘画的缺点难道不就是所谓病态吗？健康之美是否在渐行渐远？

同样，作品异常的价格也被认为是特权。但应该任由这种倾向继续下去吗？这是理应的状态？难道不会引发各种不合时宜吗？无论多美，最终都只能成为少数的个人所有。而且作为拥有者的有钱人，谁都不能保证他们就是最佳的理解者。这是一种把美从民众抽离的行为，大众与天才作品几乎没有任何交集。高价品是缺乏社会性的。

如此这般，美品数量稀少而且价格奇高，这与人类幸福相隔甚远。我们必须寻求一条新的道路，能生成更多的美，且能成为一般人的普通所有。而这条新的道路，不就应该是绘画的工艺化吗？因为多与美的结合，不是美术，而是工艺。工艺性与社会性是统一的。如果还不能统一，则说明工艺性还不足。所以我们内心里总是燃烧着殷切的希望。

美与多相交，产生的就是工艺性作品。我们应当拥有更多佳美的绘画，佳品太少的状态很不如意，必须画出更多的作品来，还必须把美引入更深层的道路去。这样的画才会自身带有工艺性的特质。而且我们相信，在工艺性特质上，这样的画可以最为充分地发挥其功能，使画之美臻至顶峰。

美与工艺性之间深厚的缘分，是将来的画家应当好好反省之处。

织与染

这是与织染相关的几处片段性的内省。作为热爱美品的人，还是应该对美与丑的道理做个阐述。工艺的姿态是多面性的，这个领域教给我们的不仅有美，还有法、德、自然的神秘等。而对此深究一事，也算是对器物的最低限度的报恩吧。

一　条纹

平织、斜纹织、织锦等花纹织物的种类繁多，而追溯源头，是经纬交织的不同。

经纬交织呈现纹样，最初便是条纹。竖条纹、横条纹、格纹等都源于此。也可以反过来说，织物的花纹因经纬交织的不同而组合成了各种纹样。而且还可以更多更广。不过条纹可谓是织物最初的纹样，条纹是纹样之始。

这是一个数理的世界、法的世界，若是被轻率打乱，则织物会乱、心会乱、美也会乱。纺织工是法的顺从的仆人，而且越顺从织物的品质越高。织布机也好，手也好，足也好，都是劳力的一员。织物始于法且终于法。虽说是人的作品，但无疑也是法理之作。

织物的学习从条纹开始。在此不仅可以弄清在这个世界对法理的服从究竟有多重要，而且同时还能学到丝线交织、色调调制，以及各种纹样的意义。条纹是法的产物，所以无论怎样的花纹都是安全的纹样。这里面无需太多人为智慧的添加，纵与横便可决定命运。花纹无论大小粗细，只要是条纹就不能称之为图案纹。图是可以自由改换的，而条纹却只能顺从法理，没有改换的余地。那是自然织就的纹样。所以条纹的罪甚少，内里有人类所无法左右的东西，是取之自然的手法。图案纹的成败之差非常明显，而条纹里不好看的却很少。人类总是有很多失误，但委任于自然的工作却几乎没有过失。

有一种叫做"随便纹"的。是用一些剩丝剩线随便织就的，长短颜色也都任其自然，所以美其名曰随便纹。没有哪一国没有。然而却几乎从未碰到过丑的，这是为何？因为即便胡乱随意，也是依循法理而织就的。因为"自我"的余地很少。只是在安全道上胡乱了一把而已。这便是几乎拯救了所有的理由。

条纹是一条危险甚少的路,所以美品甚多,也看不厌。高级织物里条纹者多,也属理所当然。不,还是太少。如果要挑选新高级织物,我大概可以从无留铭的最为普通的条纹里面轻轻松松就选出一大批来。条纹织物的美应当获得更高的评价。有自然做后盾的美是浓且醇的,因为有法的加护就不会错。

通常工艺品之美,多是源于自然的馈赠。若是违逆自然,便是脆弱的。无论织也好染也好,决不能无视材料的恩惠。绢、麻、木棉、毛、葛、纸等,都因其用途的不同而价值各异。无论是连还是纺,都不能违逆自然之道。要在织与染上多考虑,如何才能最大限度地活用天然的材料。所以在织法、染法以及色彩上,决不能勉强。率直之物,其生命是很长的。

织物的确是经人手而成,但若是不能更好地利用自然,就不算好的织手。工艺之道不是去战胜自然,而是让自然更自然,其任务便是到达不可超载的自然之境。所以工艺品会比自然之物更美。其原因就在于最自然的东西深深表露出来了。

织与染／

二　飞白花纹

在日式的织染类中，飞白花纹是值得自豪的一类。大概没有其他国家会比日本更为热心的了。深蓝飞白花纹是至今也常见的一种，曾经可是风靡一时，城里村里的男子，特别是几乎所有的小孩子，偶尔也能见到女人们都穿在身上。如此深入民众生活的织物确实不多。因为是最寻常最常见的，所以谁都不会悉心顾及，但若是一个世纪后再回过头来看，定当是让人怀念的一种。

在工作气质被保存完好的往昔，老老实实地用着正蓝色，工作也做得仔细。（这里暂且就不提不老实的当今之物了。）

根据年龄层的不同，用作和服的织物会有小花与中花的区别。而纹样大多数都是纵横的小短线，因为这样是最自然的。而且作为民众的普通和服，花哨之物总是用得很谨慎。色调上几乎都是蓝底白花，也就是通常所称的深蓝飞白花纹，大都是内敛的色调。南国琉球的飞白花纹是相当丰富多彩的，两者相较倒是一件趣事。

仅仅两色的内敛色调，作为日常服装是适合那个时代的社会、符合内地的土壤风情的。其织法在各地几乎都相同，并没有如久留米那样除了在成名地就做不出来的情况。各地各村染线织布的女人并不少。这个传统从一个村落传到了另一个村落。因为多是日常服装，所以质地也多是木棉，只是夏天的衣物多用麻线。其中较为有名的是越后的小千谷，作品甚是精彩。然而其他则集中在南国的孤岛，大岛、冲绳、久米、宫古、八重山等等，作为飞白花纹的成名地其名大抵是不会消亡的。特别是在琉球，简直是如花般盛开着。

然而飞白花纹在大花上却完成了自由的飞跃，多为寝具类。比如知名的伊予、仓吉、广濑等。这些大花把飞白花纹的短线纹样扩展至图案纹样。其中当然有精品，比如鹤、龟、松、竹之类，还有虎、鲤等，若是收集起来，大概可以拼作有意思的画帖。

飞白花纹并不简单。定纹样，测尺寸，飞白花处要一一裹线，还要在染缸里染蓝。各种珍贵的经验积累，最终才成为了传统。原本可以采用印染这种简便的方法，却放弃印染而费功夫去织飞白花，是因为其成品有着与印染完全不同的风韵。表面印染的与组合织就的，其生成过程全然不同，所以产生了用印染去模仿飞白花纹感觉的做法。

只是的确不自由。要织出飞白花纹的纹样，跟手描、用模具压制之类不一样，其历程是极迂回曲折的，需要两三重工艺。若是飞白花纵纹，仅用经线处理即可；但若是飞白花横纹，就不那么简单了。而且色彩越多工作就越繁杂。不仅染线的数理不能乱，而且纹路相配也很有考究。飞白花纹就得忍受如此的不自由才能织就，也就是说没有这种不自由就没有飞白花纹。

工艺的世界里，这种不自由带来的恩惠何其之多。也正因为有这种不自由，美才得以维系。这么不可思议的事情成为真理，是绝对有其道理的。人类的作为总是错误太多，若是直接反映出来大概很多情况下都是丑陋的。所以人类若只间接发挥作用，就可避免上述结果。换言之，即回归自然。所以，飞白花纹就是人类的纹样回归后的自然纹样。这听起来很不可思议，但物在回归自然后便呈现一种可拯救的状态，一些直接描画的无聊之物，换做飞白花纹后则会生动美丽起来。繁复的飞白花纹工艺手法，是不自由之道的一种，却又是自由的美的保证。此番奥义正是学习工艺最为重要的地方。

所以在飞白花纹上，纹样的"偏差"能让纹样更美。偏差太大也会乱，如果飞白花纹不是有分寸的"偏差"，那将会变得硬邦邦冷冰冰。"偏差"是自然所赠，亦会转而有助于美。太过正确的飞白花纹，就不是飞白花纹了。从这里也可看出工艺的神秘法则。

三　纸型印染

所有的布仿佛绽放的花儿般灿烂，是因为从织物进入了染物。这是一个色彩的世界，是图案纹的世界。是女人居住的王国。若是没有染物，这个世界该多么凄凉。色染可以让我们的身心暖和起来、快乐起来、柔软起来。

染有很多方法。蜡染、筒描①、板染、碎花等，各地的名称汇集起来大概可以编纂一本书出来。人类的智慧在这个领域也未懈怠。不过在这些纷繁的印染方式里，纸型印染不但是染物的正道，而且在日本完成了独到的进化。纸型印染是染物的染物。

发端于手描，进化到筒描，还是不能应对数量的需求。但工艺是要追求数量的。而纸型被发明出来后，染物则出现在了角角落落。到底是怎样让染物可以轻松重复制作的呢？是纸型印染让染物真正进入到了工艺阶段。这种

---

①筒描：把防染糊用挤奶油的方式在布上画出纹样，干燥后再染色的一种染色方式。

方式需要很多纸型师，于是结果就出现了一村一城都是从事这个行业的情况。比如伊势的白子，就是比较知名的一处。也不知从那里运往各地染坊的纸型是几万还是几亿。小型、中型、大型，各类纹样似在争芳斗艳。正所谓纹样的日本。

另外更值得称赞的是，纸型印染是印在表面上的。这种方法不能通过增加韵味来烘托美。而现今的蜡染类，有不少外行尝试了彩花印染。即便色彩不一浓淡各异纹样走形，也可以蒙混过关。更有人认为这有一种别样的韵味。所以外行会在这里遇到挫折。但纸型印染就没法蒙混过关了，印在表面的纹样无论怎样都会遭受严格的审判，所以这是一条外行无法靠近的路。也正因为此，纸型印染才是最原本的工作，谁都无法在这条道上作假。能在纸型印染上染出相当不错的纹样之后，才能被称为染工。

另外，这是一个只看色彩与纹样的世界，只专注于怎样才能配好色的问题。若是不知道这个秘密的人，怎么干都是白干。不过奇怪的是，过去懂颜色的人很多，可如今却甚少。于是进一步到了纹样阶段，悲剧便多了起来。现在有无数的纹样印染在布上，可到底有多少是合格的？近来从人类所丧失的本能中醒悟得最为透彻的就是纹样的能力。可不知为何现在却做不出像样的来。曾经直至明治中期这千余年的历史中，日本可是创制了无数的好纹样。而纸型印染也在历史上记录下了光辉的一章。

虽然一提起染色就让人联想到名声在外的友禅，但世上纸型印染最为美丽的要数琉球的红型。当然这也是因为曾受益于友禅，不过如此众多的色彩、如此不可思议的纹样组合、如此美不胜收的染物世上并不多见。身着如此美衣走在路上，简直跟做梦一样，定是比当今怎样的华丽都更为华丽。而且不会有坠入俗套的情况。艳丽中要生出真正的美，是需要特殊能力的。素雅而美的东西，与之相比就容易多了。琉球虽然是个小小的孤岛，但在纸型印染上却是真正的大王国。

四　碎花纹

在纸型印染上下足功夫，把纸型做到至细至微，染色技法同时又达到至难的境界，则是碎花纹的世界了。现在年老的染物技师都认为碎花纹烧手，需要耗费相当大的功夫。染物种类很多，但没有比碎花纹还难的。过去无论哪国的工人都没有这样精湛的手艺。所有地方都色调一致无一遗漏，极难。色调若是深浅不一，在碎花纹上是没法蒙混过关的。而且还要十分小心接缝处不能有遗漏。只要有一点点失误便会被认为是手艺不过关。只能屏息凝视，不能有丝毫松懈。一匹像样儿的碎花纹，不知里面藏了多少年的心血！笨拙之物是卖不出价钱的。所以，碎花纹是角角落落都耗费神经的工作。

再看看纸型印染。纸型印染做到至细至微之后便是碎花纹。为达到碎花效果，会把纹样精细到肉眼难辨的一点，要透过光亮才能辨得清楚。技师为此到底耗费了多少眼力啊，他们过的就是整日足不出户的生活。室外的阳光也好，婉转的鸟鸣也好，都不是他们的朋友。他们只在桌前日复一日。

但谁会做这样的工作呢？江户末期到明治初期，女人们倒是很喜欢做。这也许跟今天一样，也是批发商们促成的结果。总之一时很流行，如今这种看似相当素淡的碎花纹连年轻女孩都穿在身上。

或许可以这么认为，是很少外出的日本女人们谦恭的喜好与纤细的感触，把纹样引至如此细小的境地。碎花纹有着除了近观而无法体会的美与复杂，好似犹抱琵琶半遮面，是心与物的密会。这世上的染物很多，但如此触及神经的纹样却再无其他。染技在此达到了一个制高点。

转念一想，纸型也好成品也好，总有些惨然的味道。技师们一直做着辛苦的工作，碎花纹是蒙混不了的，是不容有失的。若是不熟练定会踧踖不安，而熟练后也仍然是折磨神经的工作，阴郁而受缚。这不是可以在太阳底下自由自在游弋的工作。可为何偏要做呢？在印染的烂熟期，同时称作末期也未尝不可，染物是不自然的，是有压抑感的。虽是一种技艺达不到让人惊叹的程度就干不了的工作，但却没法儿精神抖擞地出现在公众视野里。染物的技法无疑可以名留青史，但这条染物之道却是一条邪道。

当打破封建、新社会苏生的明治中期，碎花纹开始被渐次遗弃。

五　草木染

若是无法切身感受大自然的难得，要领会工艺之美怕是有些难度。现在都在赞美征服自然的人类智慧，但那终究不过是一个果敢的美梦而已。从修行之路来看，人类智慧的历史也是很短浅的，但自然的睿智却是始于创世之初。我们实在不该妄言。在太阳面前拿出灯火来夸耀的愚蠢谁都懂。

正所谓"世上的智慧在神面前都愚蠢得不值一提。"聪明伶俐的人类，用化学知识做出了当今的染料。面对这种需要耗费相当努力的成果，谁都会心生敬意。但若要拿这个来毁谤草木染的深度，大抵是源于只知人类智慧而不知神的智慧。圣书上有一句对人智上滞留不前者的训诫："世上只知自我之智而不知神，应遵从神智也。"

对草木染有敬，就是对自然有敬；对草木染有爱，就是对自然之深邃有爱。任何其他色染都比不上草木染的深邃，这是因为自然的守护。或者也可以这么说，化学之色是纯粹的，其性质可以定义为单一而浅显，所以极是奢艳，继而卑俗。而与之相比，自然之色远为素雅得多，这也是其性质复杂、玄妙而深邃的证据。太纯粹就不自然了，而自然的总是复杂的。这种情况下的复杂，并非指色彩浑浊，而是包含各种不可思议的要素；纯粹也不是清丽纯洁的意思，而是不包含单一以上要素之意。总之化学染料是俗气的浅显的浮华的。这究竟该不该算作正确的文化？若是化学再继续深化下去大概是不会滞留于此的。最优秀的科学家，应该是最明白自己的智慧之小的。对自然的不逊并非科学深化之道。

草木染就是用草木来染色的。取自自然的染料另外还有别的，比如矿物质之类，红丹、黄土等是不会变色的矿物染料。但这些染料，粒子很粗，无法穿透染布。所以只有草木煮过的色汁最为合适。草木染是色染原本之道，日语里称作"本染"。若去硕果累累的结城，现在还保留着"本染绀屋何某"的称呼。而曾经的草木染是无须自行打出名号来博眼球的。

任何草木都可用，只是要按色彩含量的多寡做取舍，再经过多次尝试最终分出高下。地域风土的不同造就了染料的不同。但令人称奇的是，好的染物基本上只用很少的几种色料。比如有名的黄八丈①，仅只用了三种色料。这是个很好的榜样。如今的染物之所以堕落，难道不是因为所用染料种类太多吗？选择范围宽，意味着可以自由选择喜好之色，但同时也存在着选择失误的危险。若非天才是很难自由使用纷繁复杂的各种色料的。而好的染物只需要甚少的几种便足矣。因为少，所以才能用得好，更何况还有浓度、媒染剂等因素可以造就无限的变化。只选择少量，是一条对自然完全信任之道，所以不会有失。一切都会有安全的自然之力来拯救。

---

①黄八丈：一种黄底格纹绸。

草木染之中最难忘的是蓼蓝。蓼蓝可谓色染之精，任何地方都可栽培，其中最为有名的是阿波的蓼蓝，色素极为丰富。我们前去访问时，只见曾经的作坊至今均保存完好。很可惜，曾经盛极一时的作坊都渐次衰落了。而今仍在种植蓼蓝的是冲绳。过去日本所有人，包括男女老幼全都身着靛青的和服。而半个世纪前，靛青仍是生活中常见之色。染坊就是指的靛青染坊。没有比其更好的染料了。无论日本中国，这都是最为亲民的色彩。最重要的是颜色好，浓也好淡也好，都不错，而且耐晒、耐洗。而且越洗越显出色彩来，晾干后更是美丽。而且还有香气。靛青可谓民族色彩。

这么优秀的色料，在四五十年前还曾风靡日本，但现在却因西洋蓝而几乎处于濒死的状态。那些有着几十个蓝瓮的染坊都一家接一家倒闭了。也是所谓时运。不过若是人们更为深刻地反省过了，大概也不会结局这么悲凉吧。灰烬之下，还留有微弱的火星。若是有人愿意让火光重燃，草木染将再度成为世界的聚焦点。

织染的日本不可忘。

色纸和赞

（一）

和赞①的古本，我一直很想观瞻一番。那定然十分精彩。自古就广受信徒所钟爱的古本字体，实在是让我欲罢不能。我已经拥有两三种版本，但都是江户时代以后的，所以对古本就更为向往了。大概残存的已甚为稀少了吧，我一直没有眼福得偿所愿，岁月就这么溜走了几年。也听说在本山②是有秘藏的，但却不轻易得见。如今想来，徒劳而终也挺正常，只是不愿放弃，所以常常光顾古书屋。

我见过证如上人花押的"御文③"，所以很清楚净土真

---

① 和赞：日语的佛教赞歌。
② 本山：总寺院。
③ 御文：是净土真宗本愿寺第八世莲如上人，作为布教手段向全国信徒所发的、用日文假名记录的法话。

宗初期的版本究竟有多美。而后来到了琢如、寂如等时代，就显得不济了。若是要追求美，怎么都得回溯到庆长①以前。永正②年间的实如上人判定的抄本是美得会让人看入迷的。但"御文"作为刊行本存于世，是证如上人的时代，即天文③年间。不过和赞的雕版年代则更为久远，要上溯到文明五年，即西历的1473年，正好跟西欧的书籍印刷的初期版本时间重合。

昭和二十一年（1946）五月二十七日，我刚好去越中国东砺波的城端别院作客。这次旅行承蒙高坂贯昭、石黑连州两位老师关照。当晚，我有幸见到了寺宝《弥七御文》，是莲如上人写给赤尾道宗④的。只要进入越中砺波，没有谁会不知晓道宗的故事。而我这次来城端，也是因为想进入秘境五箇山探访一下信者道宗的遗迹。他的《二十一条》曾让我心绪起伏良久。这次旅行见闻也将会诉诸笔墨，有一些急需记录下来的东西。

感谢高坂老师告知那座别院里有一册文明五年版的和

---

① 庆长：日本年号，西历1596—1615年间。
② 永正：日本年号，西历1504—1520年间。
③ 天文：日本年号，西历1532—1555年间。
④ 赤尾道宗：室町时代后期的净土真宗信徒，俗名弥七。因是越中国五箇山赤尾谷出身，所以世称赤尾道宗。

赞。想到多年的夙愿终于得以实现，我的心是雀跃的。这正是前文所述的和赞初版。时代是室町中期，距今差不多有五百年之久。作为夹杂日文假名的版本，是相当古老的。

二十八日，进山后的翌日早晨，一个箱子被送到了我们面前。里面到底装的是怎样的和赞？长年的期待将在瞬间得到回报。此版本是远远超出想象、极为让人惊叹的，我们的幸运简直犹如有神灵的庇佑。而曾经的期待与之相较，简直不值一提。我最初想象中的版本是在厚实的和纸上，把有古风的字体扩大印刷出来的样子。（这其实已是通行惯例。）但呈现在我们面前的却远非如此简单。

和纸并非白色，也不是云母纸，而是印有墨色文字的美丽朱红纸。翻开页面，则看到黄柏色染的纸，且每页都颜色各异。而更为意外的是，到处都点缀着金箔、银箔、砂子、大山椒、芒草等。因年代久远，色泽极为古朴。字体也是古时初期所用。我不由得感慨出声，如此佳美的版本简直是生平见所未见。其他还有过几个古抄本，或豪华或优雅。但这样的刊行本，还真是从未见过如此优异的例子，而且并非只是美和优秀可以表述的。其色、其字、其印刷方式以及所有的一切都是切实的、健全的。

色纸和赞／

全本做得相当精致，包括朗诵句读都有。朱色纸中有黄，黄色纸中有红，色调之美很显高贵。而且也不是一味的华丽，色调很和谐，连板刷的痕迹都鲜明地残存着。所用纸张是厚实的雁皮纸，有羊皮纸一样的张力。表面为朱红色，内里是黄柏色，装订方式是古时的粘页式，在黄纸面上有糨糊。

出版信息页有言：

右斯三帖和赞并正信偈四帖一部者 末代为兴隆板木开之者也而已

文明五年癸巳三月 日 莲如御判

由此可知，原书有四帖，别院的这部少了"正信偈"一帖。其他三帖不用说，即"净土"、"高僧"、"正像末"三篇和赞。这些都是亲鸾上人的撰述，是信徒们日夜诵读的宝典。"莲如御判"表明并非是有花押的初版，而是文明五年的重版，是莲如上人过世后的版本。

在色纸上写经是自古的习惯。有很多个例，比如蓝纸金字或银字、黄柏纸黑字等。真宗的书籍里有名的要属备后明泉寺的色纸圣教，用的是青黄二色。总共有十六种保存至今，但都是室町时代的抄本。色纸和赞的同时代抄本，在伊势法云寺与龙谷大学里有。其后的色纸版本，较为有名的是嵯峨本。以胡粉白开篇，其他色纸渐次染作青、红、黄，其上有活字。这自然也是令人难忘的一个版本，但就色调、字体而言，很难说就超越了此刻眼下的这本和赞。就该书的色调与切实性来看，名声极高的光悦本也不得不让位于它。而且时间上也要早一百五十年。

为何历史学家们未曾注意到这一本？他们大肆赞美嵯峨本、角仓本、光悦本等，却大都对这本色纸和赞保持沉默。和赞是日日常用之书，光悦本之类与之相较就显得有些玩乐的意味了，而且色彩也淡。另外，那样的字体作为刊行本难道不应该被责咎吗？光悦个人的字作为公刊版合适吗？而这本和赞怎么看都比光悦本高一两个层次，却没有人站出来称赞，是何原因？或许跟残存量少也有很大关系。但无论如何都是世间知名的城端别院这样的名刹所藏，被忽视实在有些奇怪。光悦本是美，可这本色纸和赞更美，今后一定会有人站出来承认这个事实的。

天平年间百万塔的陀罗尼经文，有印刻的各类卷子、书帖、缀本等，作为日本的印刷书籍值得夸赞的也很多。比如五山版、春日版、高野版等都是较为知名的版本。但这些多少都带有中国风韵，要称之为纯粹的和书是很难的。像五山版这样的，不如说就是对宋版的忠实模仿。其实哪种都是对中国文化的推崇所促成的刊行本。佛书也好，经书也罢，还有诗文，都是以中国为模范的。虽然名称上叫做和书，但真要这么叫出口实在让人踌躇。

但莲如上人所写的《和赞》就不同了。证如上人的《御文书》也不同，都是日本本土所生的纯粹的和书。并非只因为里面夹杂着日文假名。字体、装帧、纸质、形态都充分展示着其自有的风范。在此意义上，真宗所筑就的功绩很大。正是因为有真宗的信仰，所以才会有这样的刊行本。同时也是莲如上人的功绩，因为有他，书籍才得以广泛流传。佛教在镰仓时代就足以转化为日本式佛教了，我们不能忽视亲鸾上人的无上风姿。在莲如上人时代，俗家信者之间对日式佛教就更为热忱了。而真宗的信仰所带来的，就是《和赞》，是《御文》。这便超出了对中国的模仿，是日本自行生成的刊行本。

如果是禅宗的书，大概是不会有和书出现的吧，因为中国的传统过于浓厚。若是日莲宗的书，大概也是不会有这么美观而成熟的装订本的吧，其内争的习惯会招致全无余裕的结果。净土宗也是在当时没有拥有此种版本的能力。《选择集》上倒是见过类似的，可惜都是汉文，而书籍形式也并非是日本所没有的。仅有一本元亨元年刊行的

《黑谷上人和语灯录》，也只是夹杂平假名的古本而已。

这样想来，真是有真宗才有《和赞》，有莲如才有《御文》。本来和赞、御文之类都不是真宗特有之物。平安朝净土一系的和赞数量很多，真言宗、天台宗也有不少和赞，近来的时宗也是有的。但这些宗派的信徒们所用的是怎样的和赞版本呢？若是仅有真宗创作了独自的版本，则无疑是有特殊意义的。那是献与民众之愿的表现，也是为了给无学者提供得信的机会。正是一般信徒，其对弥陀的皈依才是无垢的。佛教由学僧向大众传播时煞费了一片苦心，而这愿望便是生成《和赞》、创出《御文》的原因。正是因为有真宗的信仰才得出的版本。可将此当做日本自身文化信心的一种大纪念。这是宗祖亲鸾上人、中兴的莲如上人所出的刊行本，并非一般的佛书。也并非普通意义上的美书，而是更深层根源之泉所润泽过后的书籍。其美的因缘在深而远之处潜藏着。在这里可以找到真正可称之为和书的刊行本。其他虽然有混杂假名的先例，比如《梦中问答》（康永三年）、《盐山和泥合水集》（至德三年）等，都是可圈可点的先行者，但作为刊行本还并未能充分完善其固有的风格。《和赞》、《御文》是一种和书身份的光辉存在，切不可忘怀。

二

喜欢搜集真宗书籍的人大抵跟"近八"关系不错。近八是位于金泽的一家书店,其店主的品性见识可谓卓绝,不仅自己著书立传,而且其经验知识也绝非泛泛之辈。我从越中回程时,跟往常一样期待着跟店主的重逢。他一定知道更多有关"和赞"的事。我很想问问他我这次所见的版本是一种怎样的性质。许久不见,店主也是极为高兴的样子。当话题谈及城端别院的版本时,店主告知自己并未亲眼见过,但随即提出了可能是"私心版"的意见。对其敏锐迅捷的回答,我很是钦佩不已。所谓"私心版",要从莲如上人末子实从的日志说起。这本日志名曰《私心记》,其断简幸存至今,里面有天文年间《和赞》重印的记录。因此这重印的和赞便被称作"私心版"。有关此版的缘由,秃氏祐祥氏等多少有些考证,但具体详情至今却没有任何人对此有确切证明。我建议店主也去别院看看。

值得感念的是,这家书店里就藏有莲如开版的初版。我实在是没想到竟有如此的幸运,这么快就能再次观瞻此等宝贝。此版虽不是用的色纸,但内页竟有莲如上人的亲笔花押，令人不由得悠然神往。店主甚是好心，告知可以将其转让与我，可惜我却没法在经济上负担得起。曾听高坂老师说初版的善本收藏在加州的四十万善性寺，但我并未访问过，所以这次的近八所藏本已足以让我满足。只是这是在刚刚见过那本绝无仅有的色纸和赞之后。就其美而言，那本重刻的色纸和赞却更让我陶醉。

店主甚是好学，为了观瞻和赞六月下旬便早早去了别院。在亲眼所见之后，店主更加确信那就是"私心版"，于是告知我说这一本简直是"一大发现"。

就在收到信函十余天后，我在宫崎圆尊师的著作《亲鸾圣人书志》中，读到了有关和赞色纸的明确记载，而且还特别提到城端别院的那本。大概此文是对这本色纸和赞最初的详实记载了，出版日期为昭和十八（1943）年。

实从的《私心记》记载如下：

天文二十年五月十五日，和赞重版洽谈，字有修也。

同月二十日，和赞木版雕刻，堺市人也。

同年十月十二日，雕版成也。

天文二十二年十一月二十日，新印色纸和赞，置御斋也。

云云。

色纸和赞／

从这本日志上大致可读出色纸和赞的历史。这是文明五年初版的忠实重版，只是在误字与假名的使用上有所修订。制作雕版的是堺市或者京都的工匠。天文二十年末，雕版的修正完成后很快就付诸印刷，天文二十二年用色纸重新印刷。那是莲如上人过世后五十四年，也即是初版（文明五年）的八十年之后。同时也可得知这色纸和赞是为法主与其家门手足所准备的。另外日志里还有文字暗示色纸和赞是用于报恩讲[①]。上文引用里的十一月二十日这个日子，就是报恩讲的前一日，纪念亲鸾上人的七昼夜勤行，将从上人忌日的二十一日开始。由此可知，这色纸版本就是为法事特别准备的，所以刊行部数极为有限。而时至今日幸存于世的可谓极少。就我所知，仅有两部，一部在大阪的愿泉寺，另一部则在城端别院。非色纸的和赞，据宫崎老师说，在大阪净照坊、近江安养寺、若狭证明寺、加贺本誓寺、加贺上宫寺、新泻真成寺、长野长命寺等等都有。而且在三河本宗寺里，据说还存有当时的部分雕版。这样看来，白纸黑墨版应该有相当的数量，而刊行的色纸版却极少。因为色纸版并非一般寺僧或者俗僧所

---

① 报恩讲:是净土真宗信徒们对宗祖亲鸾上人报恩谢德的重要法事之一。

用。与这个色纸和赞相比，倒是莲如花押的那部初版，部数更多也更为人所知。比如大谷大学、龙谷大学、四十万善性寺、播磨光触寺、近江闻光寺、二俣本泉寺都有，另外还有法藏馆本、近八本等，这些都不是色纸版的。

此书都是四帖一部，由四册构成。"正信偈"十六张、"净土和赞"六十八张、"高僧和赞"六十五张、"正像末和赞"六十九张。整本书长六寸七分五厘，宽四寸五分五厘，其大小很合适。正文为两面印刷，且装订方式如前文所述为粘页式。如城端别院本那样，在纸页上做了各种装饰的实在罕见。装饰宽有七分。

把文明的初版与天文的重版拿来对比，很明显可以看出重版是直接用的初版雕版，只是进行了两种改订，一是对日文片假名的改订，二是跋文有所修订。假名改订分为三种，在某些情况下会把オ改作ヲ、ヘ改作エ、フ改作ウ。比如ヲ的例子，オシヘ变作ヲシエ、オキテ变作ヲキテ、オヨハス变作ヲヨハス、オハリ变作ヲハリ、オノオノ变作ヲノヲノ、オモシ变作ヲモシ、オトラシ变作ヲトラシ。再比如エ的例子，タヘタレハ变作タエタレハ、ミヘタマフ变作ミエタマフ、キヘテ变作キエテ。还有ウ的例子，マフシ变作マウシ。这些改动大致有三十五处可

见。也就是把旧雕版里需要改订之处取出，重新嵌入了新字。完全重刻的只有跋文页面，这大概是因为需要把误字"際"改成"隆"的缘故，而且还有需要以"莲如御判"四字代替花押的因素。那时莲如上人已经于明应八年过世。因此，天文重版就是修订版，原书和赞自然是改订版的依据。

初版与重版相较，最为有趣的是汉字的版式，很多字竟与一般笔画数不尽相同。俨然有对笔画与字形的创作性考量。但这究竟是为何，一时也难以断定。再详勘汉代与六朝的文字拓本，可以发现在那些遥远的时代异形字相当多。和赞到底是依据什么模仿了那么多有古风的文字呢？难道只是源于自由奔放的创造性因素？或者是否应该解释为，是文明五年莲如上人暂居越前吉崎时，地方上的书匠抑或雕刻师缺少真才实学的缘故？无论怎样，笔画都明显有变，但却有着不可思议的字形之美。特别不同的字例有树、尊、摄、善、数、毁、业、鼻、堕、沉等，几乎每页都多少有些变形。连亲鸾的"鸾"字都并非正形。不过即便字形有变，也并不影响阅读，只是异形字的理由让人实在难以琢磨，这也是一大有趣的课题。若是归结为误字、误印，其独创性意味也未免太强。不妨可称之为"真宗汉字"。其他佛书里很少类似的情况发生，至少在室町时代以后的书籍中几乎没有。

真宗初期的书籍里所用的片假名，大体上也多有其独特的样式。比如シ、セ、マ、メ、モ、ユ、レ、ル等，都跟我们现在所用的有很大差别。此样式继而成为真宗的传统，其后莲如、实如、证如、显如的时代则是传统的鼎盛期，以至于江户时代竟也不少见。最喜用这种片假名样式的是真宗门徒，还有人称之为"真宗假名"。由此可见，初期的"和赞"与"御文"中的片假名在古时地位相当之高。可惜随着时代变迁，其风格也随之消逝，江户中期已全无昔日之美感了。

这册色纸和赞还有一个特色，在语句停顿处会有一字的间隔。这是为了让民众可以更为轻松地阅读。而其他的古本大抵是不会有这种顾虑的。

另外，经文明的初版、天文的重刻以后，按其书末的出版信息可以明显分作两类。一类如下：

右斯三帖和赞并正信偈四帖一部者

莲如上人为末代兴隆板木虽被开之近代依破灭令再兴而已。

庆长四年（己亥）霜月日 教如（花押）

这类刊行本至少有三种，但都因年代久远难以判明。想来笔画较细的为初版，较粗的为重刻版。卷尾文字一种写作"已上"，另一种写作"以上"。而庆长版也有色纸印刷的，据闻和歌山长觉寺里就藏有一本。其他还有延宝的重刻版，书末出版信息如下：

教如上人再兴之旧本经历于星霜印刻字弊故今还改补焉令镂梓矣

延宝第五丁巳岁仲春廿八日 常如（花押）

前者教如本，从其日文假名特征上可见，所依据的并非文明初版，而是天文重版。

庆长本之后出现的是宽永版，其出版信息如下：

右斯三帖和赞并正信偈四帖一部者末代为兴际板木开之者而已

宽永十九年（壬午）三月日 花押（良如）

教如的庆长本属东本愿寺一系，良如的宽永本属西本愿寺一系。不过奇怪的是，庆长本是依据的天文重版，而宽永本却是文明初版的忠实模刻，也即是再度回归了旧版，其假名等也全无修订的痕迹。连书末的际字都仍然跟初版一模一样，甚至帖字也不时印作了"怗"。西本愿寺一系的和赞刊行本，直至宽永延宝年间都一直是以初版为模本的。元禄年间以后就已经不再有书末的出版信息页了，取而代之的是历代法主之名。可惜啊，版本质量竟也随世风日下，而字体之美却是更为沉痛的损失。

（三）

色纸和赞抓住了我的心，其无与伦比的美实在让人难以忘怀。和书的骄傲足以由它来展示，它就是美得如此有信心，还有一种皈依者所追求的庄严。虽只是书，但同样有着净土之相。因此，它是集美、净、严于一体的书，他处绝难得见。

平家的纳经，说美也美，其画与字相当精妙。但那毕竟只是极少数贵族的奢侈品，究竟能否让人生出笃信之心还有待考究。扇面的古写经也美，其色彩线条不免让人看入迷。但那与其说是得信心之书，不如说是得娱乐之书，里面缺乏庄严。其引人瞩目的是弱不禁风的美，是现世之美，而难有净土之相。

但色纸和赞是至纯的，见之，笃信之心油然而生。这本来就是为民众出版的书籍，其实用性毋庸置疑。而且也并无游戏三昧之病，作为书籍是始终走在常道之上的。而书页染色，也就跟僧侣之衣偶尔也会染色一样，并非无谓的华丽，而是清净与崇高的表现。这里所有的一切都是必然的。初期的和赞，是刊行本的刊行本。

我自身这段时期的生活，特别受净土一系的信仰与哲学的影响。法然[①]上人，特别是亲鸾、觉如、存觉、莲如等的教诲让人感同身受。而且还并非只限于高僧，真宗的厉害之处在于深入了无学的民众之中。某些妙好人[②]用其简短的言语，以其至纯的行为、朴实的信心，打动了包括我在内的大多数人。这种民众与信仰的结缘，便涉及到了民众与美的关系。我们深受民艺的吸引，也正是因为找到了很多可以命名为"妙好品"的器物。而告知我们这些器物之美的，正是佛家教义。一册《叹异钞》、一卷《安心决定钞》，都是至美的经典。之所以我的心被引往净土一系的佛书上去了，就是因为其教义可以通过器物来感知。不知不觉间，我的身边渐次有了很多佛书叠置。证如上人花押的《御文章》从来没有离开过身旁，连其书盒都一直小心对待。只要念起遥远时代的信仰，心便会温存清静起

---

① 法然：平安末期、镰仓初期僧侣，日本净土宗开山鼻祖，净土真宗开创者亲鸾之师。

② 妙好人：指净土宗，特别是净土真宗的笃信者。

来。我一直都致力于对古本美品的搜集，无论阅读还是持有，最上乘的文本、字体、装帧、纸质都是应当有所选择的。认为只要能看就好的读者，其实算不上真正的读者。粗陋的书页是对阅读的一种妨碍，遑论信仰。

自从看过那本美丽的色纸和赞以后，我实难忘怀，一直在追逐其影。和赞版本中，已无其他可与之匹敌，而且大约也不可能有。于是，有朝一日将其置于座右的愿望便日渐强烈起来。但其现存部数无疑是比初版更少的，正如前文所述，如今仅剩两三部而已，要另去找寻大抵都是无用功，能找到的希望只能算作奢望。更何况即便找到，也定是某处寺院秘藏的寺宝。

寻求佛书之人，至今都会探访京都。千年间，在这座都市里，多座寺院与各类书肆出版了数量庞大的各种佛书。这里是寺院之城、本山之都，是各种宗教群集之所。比如睿山等，几乎是所有宗祖们雕琢学识、坚实信念的学林。至少从镰仓、室町时代直至宽文元禄年间，佛书的量是超越其他所有出版物的。明治以后才出现停滞衰落的痕迹，不过丁字屋、平乐寺等名称仍然还飘荡着古典的韵香。近年来，贝叶书院、法藏馆、兴教书院、护法馆等均是以佛书而闻名的。同时也出售古书的有竹苞楼、细川

等。而出售佛书最多的是其中堂。(东京浅仓屋、森江也很有名,但不幸遭受重灾,藏书量已经远不如前。大阪有名的是一人鹿田)

探访城端别院后的第二月,我为了寻访佛书而起身前往京都旅行。特别想要的是净土一系的书籍,比如法然的勒修御传、语灯录,亲鸾的撰述,莲如的御文,一遍的法话、传绘等,若是能找到优质的古本就太好了。对佛书原文的通读,用新版自然也不错,但肯定比不上阅读古本的滋味。古本本身的价值要大很多。

留在记忆深处的还是色纸和赞。还能再次与它重逢吗?就算希望渺茫,若能找到别的古本也不错啊。至少从室町时代末期到庆长年间的应该有吧。追求那样珍稀的版本本身已是无谋的举动,可侥幸心理还是不厌其烦地把我引往了一家家的书店。从战后荒凉的东京过来,京都简直哪里都是物质充沛的景象。各种店铺都装饰得很是美观。品种繁多的书本也都让人目不暇接。我倒是买了几本中意的,可想要的古本却不轻易现身出来。

然而,不知是何处修来的福气,或者应该叫做奇缘吧,抑或是冥冥中自有天定,孜孜不倦的追求者总有福报的那一天。有所求便有所得,这到底是偶然还是必然?无论怎样，结果都是超出想象的。我梦寐以求的那本和赞，就那么突如其来出现在了眼前。而且并不仅仅只是古本，而是稀有而珍贵异常的色纸和赞！听说还有庆长本，但眼前的不正是最为古老的文明年间版本吗？而且是朱红、黄柏交替印染的双色和赞。我莫非是在做梦？当时的激动心情可想而知。

书肆店长说，数十年来都一直在卖佛书，但却是首次得到这样的版本。这本的书页周围并没有别院所藏本那样的装饰，但正因为这样，才算是最端正的原本。更何况并非只有三帖，而是完整的四帖一部。简直难以置信这竟会是出售品。我很怕问价，怕自己囊中羞涩，若是买不起该如何是好？喜悦与不安折磨着我。

但我总受幸运之神的眷顾，连不可能找寻得到的古本都找到了。当得知价格后，我的心终于安定下来，但却惊异于怎会如此便宜。或许是因为店主的好意，或许是因为我这样的谋求者甚少，或许是因为太过冷僻无人问津。总之，我的手、我的心都不由得将其抱紧。

究竟是我在寻求，还是有谁在指引我去寻求？究竟是我在追寻和赞，还是和赞在追寻我？圣经上有句话，"凡祈求的，就得着；寻找的，就寻见；扣门的，就给他开门。"然而最为切实的真理，只是在被给予的世界中寻求。就跟渴望打开已经半开的扉门一样，并未有所得，而上天所赠之物便是所有一切。总之这是个让人不由得千思万绪的谜。

无论是做客城端别院，还是恭听高坂老师对和赞的讲解；无论是初见色纸和赞，还是终被其美所打动而追其影而去；无论是心存侥幸地去书店逐家探访，还是突如其来发现其存在而最终拥有；想来这些都并非我自身私自的行为，而是冥冥中的宿缘所促成的。我只是在约定好的结果之中做了我该做的事而已。

我实在是太幸福了，能有缘与此书相伴，能得知这种珍本的存在，能有感知这种美的一颗心！梦寐以求的这册古本，终于可以置之于座右了。这种喜悦将与众多的朋友分享。而此书终将成为我们谈及日本书籍时的骄傲。我无数次地翻阅此书，并写信告知了几位相交甚笃的知友。它为我们提供了无以言尽的美的源泉，而最终也促成了此文的记录。

附记。

购买后才发现，此书四帖之一的"净土和赞"里，第

六、第七张书页有脱落。即缺少"弥陀成佛ノコノカタハ"到"难思议ヲ归命セヨ"之间的十六行。这一部分要想办法补上才好。但若是用纸与文字太过拙劣，定会让原书的价值大打折扣。到底怎样做才好？第一，必须得到相同的朱红与黄柏色纸。第二，必须使用相同字体。第三，要怎样处理才能做出雕版的韵味？此事极为棘手，但幸好我的工匠朋友很多。首先，色纸我拜托了侄子悦孝，请他按原书的色调做出相近的色纸。"这个效果相当不错了吧！"悦孝拿来成品时这样跟我说。作为一个色彩外行人，总之是极为满意的结果。原书是五百年前的，纸张的污垢与斑点是没法模仿的，而且无需模仿。

色纸有了，接下来就是文字该拜托谁的问题。把原书脱落的两张四页拍个照，再做出雕版来大概是最好的方式。直接用笔描，是难以描绘出雕版韵味的。我思前想后，最后觉得还是应该拜托在修补上有特殊才能的铃木繁男。"那我就试试。"他爽快地一口答应下来。在莳绘上颇有造诣的铃木，有关毛笔之事，大概什么都难不倒他。他先在玻璃上铺好原版，再在其上铺好纸张，并从玻璃下方打出光亮，然后把原书文字忠实地、极为轻浅地摹写下来。这样一来，雕版的韵味就被巧妙地一个字一个字再现

色纸和赞／

出来。这简直是魔术师的手艺，完成后的页面可谓奇迹。所有文字都是用毛笔手写的，却没有任何人可以看出那只是后来的补笔。因为与原书极为酷似，即便被告知补的就是此页，也需要反复细看才能看出端倪。实在精妙。

我希望今后有人在看这部色纸和赞时，能对这两张补笔感兴趣，所以特意增补了此文。说不定这本书还能因这两张补笔而变得更为有名，更加有价值。想来这补笔的工作，也是应当算作创作的。修补总是容易被人忽视的工作，但正确的修补是有其创造性价值的。铃木在此领域为民艺馆作出了极大的贡献，谨用此文以表衷心的感谢。

译后记

一本好书的翻译之旅总是愉悦的。

先介绍一下本书作者——发起民艺运动的思想家、美学家、宗教哲学家柳宗悦（1889—1961）。柳宗悦毕业于东京帝国大学（现东京大学）哲学专业，其后受美国诗人沃尔特·惠特曼"直观"思想的影响，并逐渐形成了立足于艺术与宗教的独特柳式思想。

柳宗悦的收藏经历了几个阶段。他曾直接与法国雕塑家罗丹通信，并用日本的浮世绘换得了罗丹的雕塑。在朝鲜小学执教的一位友人为观瞻罗丹雕塑拜访了柳宗悦，并带来一只朝鲜的瓷壶。这只朝鲜瓷壶的美深深吸引了他，于是自1916年后他便时常到访朝鲜半岛，开始收藏朝鲜的陶瓷器、木工艺品、民画等。之后1924年在汉城设立了"朝鲜民族美术馆"，展出了许多民众的日用杂器，并对其美给予了充分的肯定。

1923年关东大地震后，柳宗悦从东京迁居京都。其后两年，三十六岁时他为介绍民众的日常用品之美，启用了"民艺"一词。当时世间对民艺的认识可谓空白，伊万里的青花瓷类、丹波的陶器、绘马等各种民艺品都搜集得毫不费力，更不用说世间尚未形成共识的大津绘、泥绘等了。

1926年他与富本宪吉、滨田庄司、河井宽次郎四人联名发表了《日本民艺美术馆设立趣意书》。1931年《工艺》杂志创刊，并成为民艺运动的机关刊物。1934年日本民艺协会设立。两年后在实业家大原孙三郎的支援下，日本民艺馆在东京驹场开设，柳宗悦成为第一任馆长。

如今这家民艺馆仍然健在，风雨无阻地接待着世界各地的到访者。里面有大量柳宗悦个人捐赠的藏品，它是柳宗悦收藏理念的忠实体现。

译后记／

本书由多个短篇组成。前半讲述柳宗悦与各种藏品之间的奇妙因缘，均是极为有趣的小故事，读来或莞尔或惊叹或钦佩，总之十分引人入胜。后半则是理论性的论述，口气辛辣、个性鲜明，是柳宗悦对民艺之美的价值观阐述。虽然已经是半个世纪前的理论，但对当今收藏来说仍然毫不过时，仍然具有充分的借鉴意义与指导意义。

作为译者，能在恰当的时候把合适的著述传达给恰巧需要的读者，是无比欣慰的。当今收藏之热，随着人们手头的充裕而有增无减，正是需要一种成熟的理念来稍作引导的时候。

柳宗悦的藏品奇遇，无论哪种都能让读者明显感受到一种对器物天然的、纯净的、崇高的爱。而柳宗悦的收藏理念，无论哪篇，凝练成一句，都是对这种爱的理论性表述。以爱为出发点的情，无论对人对物，都是极有感染力的。相信读者读完此书，已有明显感悟：是啊，收藏本该如此！

而论文中辛辣的句段，时时戳心，却不得不让人敬佩，比如：

"收藏与利益相连时，无论其性质如何，都是没有未来的。或是作为风雅的道具，或是用以换取社会地位，或是为了置换财物，都可谓是一种亵渎。无法超越私欲，便没有优秀的收藏。"

此观点可谓一针见血，让以增值为目的、以利益交换为目的的所谓收藏无处遁形。收藏，本是源于对器物的爱与敬。而当今世间的收藏，多是源于对利益的企图，重金购入后便锁入保险柜中者居多，让器物不得见天日，更遑论与他人共享美的喜悦。这种行为里，见不到对器物的爱与敬，仅剩对增值的奢求。柳宗悦要是在世，怕是又要心疼不已。

佳美之物，是活在佛里的。一颗虔敬的心，是遇见佳美之物的前提，也是佳美之物所期待的主人。

最后借此机会郑重感谢重庆出版集团所给予的这次翻译机会，感谢魏雯老师、许宁老师、邹禾老师在翻译工作中的悉心指导以及为本书的顺利刊行所付出的大量心血。感谢诸位读者不离不弃。希望有志于收藏的读者们，能在柳宗悦的理念中找到自己所需的营养，并在自己的收藏过程中，不断形成与完善自己的理念，终达大善之境。

欧凌

柳宗悦年谱

1889年	0岁	三月二十一日出生于东京市麻布区市兵卫町二丁目十三番地。父亲海军少将柳楢悦,母亲(旧嘉纳氏)柳胜子。
1895年	6岁	四月,学习院初等科入学。
1908年	19岁	学习院高等学科入学。师从英文老师铃木大拙、德语老师西田几多郎。在《辅仁会杂志》上以荔菟为名发表《神圣勇士》。
1910年	21岁	与志贺直哉、武者小路实笃、木下利玄一同,于洛阳堂创办《白桦》杂志。此后十余年几乎每期都曾执笔论文或随想。
1911年	22岁	学习院高等学科毕业,拜领御赐钟表一只。同年考取东京帝国大学文科大学哲学科。于籾山书店,刊行首部单行本《科学与人生》。

1913年	24岁	东京帝国大学文科毕业。专攻心理学,毕业论文《心理学乃纯粹科学》。
1914年	25岁	二月,与声乐家中岛兼子结婚。于洛阳堂刊行《威廉·布莱克》。九月,移居千叶县我孙子。
1915年	26岁	长男宗理出生。第一次朝鲜旅行。
1919年	30岁	就任东洋大学宗教学教授。二月,于丛文阁刊行单行本《宗教与其真理》。在杂志《艺术》上发表《有关石佛寺的雕刻》。
1920年	31岁	五月,在《读卖新闻》上发表《朝鲜人随想》一文。于春阳堂刊行《白桦园》。
1921年	32岁	就任明治大学预科伦理学与英文讲师、女子英学塾伦理学教授。一月,发表《朝鲜民族美术馆设立趣意书》。在新潮社所发行的《现代三十三人集》上发表《陶瓷器之美》。于丛文阁刊行《宗教的奇迹》。三月,从千叶县我孙子移居到东京市赤坂区高树町十二番地。五月,在东京流逸庄举办"朝鲜民族美术展览会"。
1922年	33岁	出版《朝鲜的美术》。九月,于丛文阁出版《朝鲜与其艺术》。在杂志《改

		造》上撰文《为了挽救朝鲜建筑》。《陶瓷器之美》刊行。杂志《白桦》推出一期朝鲜特辑。
1923年	34岁	正月,首次在甲州发现木喰上人所作木雕佛。卸任东洋大学教授职位。七月,于《大阪每日新闻》社刊行《论神》。九月东京大地震,长兄悦多遇难。东京赤坂高树町的房屋塌损。
1924年	35岁	卸任明治大学、女子英学塾讲师、教授职位。四月,在朝鲜京城府缉敬堂开设"朝鲜民族美术馆"。同年四月移居京都市上京区吉田下大路。五月,《陶瓷器之美》被选入教科书《现代文学读本》。六月,访问木喰上人的故乡甲州八代郡丸畑,发现重要史料。秋,实地调查旅行。杂志《女性》自九月号起七期连载《木喰五行上人的研究》。浜田庄司从英国归国。与河井宽次郎成为挚友。
1925年	36岁	移居京都市吉田神乐丘。就任京都同志社女学校教谕。三月,杂志《木喰上人的研究》第一期出版。七月,研究大作《木喰上人作木刻雕》三百部限定版出版。八月,出版《木喰五行上人略传》。十二月,于警醒书店

		刊行《信与美》。
1926年	37岁	就任同志社大学英文科讲师、关西学院英文科讲师。一月,与河井、浜田两位去高野山旅行,创"民艺"一词。提出"日本民艺美术馆设立"计划。四月,发表《日本民艺美术馆设立趣旨》。九月,给《越后时代》寄稿一篇,《粗物之美》。于木喰五行研究会刊行《木喰上人和歌选集》。
1927年	38岁	二月,发表《有关工艺协团的一个提议》。四月,在杂志《大调和》上发表《工艺之道》,连载九期。六月,于东京鸠居堂举行"第一届民艺展"。于工政会刊行《杂器之美》。工艺作家团体"上加茂民艺协团"诞生。
1928年	39岁	三月,在上野博览会上出展小家屋"民艺馆",其后移至大阪山本为三郎氏府邸内,称"三国庄"。七月,在朝鲜京城府缉敬堂举行"朝鲜陶瓷器展"。十二月,于"古罗利亚社"出版《工艺之道》。
1929年	40岁	卸任同志社大学及关西学院讲师。三月,于万里阁刊行《工艺美论》。举行"京都民艺展",京都大每会馆主办。四月,发行《日本民艺图录》。于

工政会出版《初期大津绘》。由兰登·沃纳推荐,任美国哈佛大学讲师。在访问法国、德国、瑞典、英国之后,八月入美,于哈佛大学福格艺术博物馆讲授"佛教美术"与"美的标准"。

1930年　41岁　七月归国。游历欧美途中的各种通信、私信、印象记刊登在《大阪每日新闻》《越后时代》《读卖新闻》,以及杂志《改造》《文艺春秋》等上。与寿岳文章氏联名发表《布莱克与惠特曼》的刊行意向书。

1931年　42岁　就任《大阪每日新闻》社学艺部客员。一月,月刊杂志《工艺》开始发行。其后不间断发行一百二十期。同时月刊《布莱克与惠特曼》发行出版,共连续发行两年。

1932年　43岁　正月,《工艺》第十三期出朝鲜陶瓷特刊。

1933年　44岁　一月,在京都出版《民艺的趣旨》,四月出版《有关收藏》。两者均为私版。三月,在东京高岛屋举行"新兴民艺综合展"。五月,从京都迁居东京小石川区九坚町。

1934年　45岁　本年在日本全国旅行,包括奥羽、东北、中部、山阴、山阳、四国、九州各

		地。就任日本大学艺术科讲师。在东京高岛屋首次举行"日本现代民艺品大展"。
1935年	46岁	一月,移居目黑区驹场町。卸任《大阪每日新闻》社客员。三月,于章华社出版《美术与工艺之谈》。五月,大原孙三郎为筹备民艺馆捐赠十万日元。八月,日本民艺馆始建。
1936年	47岁	一月,日本民艺馆上梁仪式。四月,于"国展"上首次会晤栋方志功。五月,与河井宽次郎、浜田庄司一同前往朝鲜。十月二十四日日本民艺馆开馆,就任馆长。四月私版《茶道随想》出版。
1937年	48岁	就任国际女子学园讲师。五月,与河井宽次郎、浜田庄司一同去朝鲜全罗北道旅行。六月,在东京发行私版《美之国与民艺》。
1938年	49岁	三月,《工艺》第八十二期刊行《朝鲜现在民艺》续辑。四月,在东京高岛屋举行盛大的"朝鲜现代民艺展"。十二月,应冲绳县学务部邀请,进行第一次冲绳旅行。
1939年	50岁	一月,第一次冲绳旅行结束回京。四月第二次去往冲绳,与民艺协会同仁

		前后渡岛,并致力于调查、勤学、制作、指导,同时购入大量收藏品。十二月三十一日,第三次冲绳旅行。
1940年	51岁	一月,第三次冲绳旅行结束回京。就任专修大学教授。七月,第四次冲绳旅行。十月,中国北京旅行。十一月,为庆贺皇纪二千六百年,举行三大展览会。一、琉球工艺文化展(于民艺馆);二、琉球风物写真展(于银座三越);三、日本生活工艺展(于民艺馆)。文化电影《琉球民艺》与《琉球风物》首映。
1941年	52岁	六月,于昭和书房出版《民艺》丛书第一部《何为民艺》。在民艺馆邀请基督教有关人士,召开两次"宗教与工艺"恳谈会。七月,于牧野书店刊行《茶与美》,并成为推荐图书。八月,于创元社出版《工艺》。于昭和书房刊行《民艺》丛书第二部合著《琉球的文化》。
1942年	53岁	一月,于文艺春秋社出版《工艺文化》,成为推荐图书。七月,私版《工艺之美》出版。执笔《工艺》第一百一十期,以《民艺馆的工作》为题。六月,于不二书房出版《我的愿望》。九月,私版《美与图案》出版。作为工艺

		选书的《蓝绘小杯》刊行。十一月,工艺选书《雪国蓑衣》,《民艺》丛书合著《琉球陶器》《现在的日本民窑》等出版。
1943年	54岁	工艺选书《日田的皿山》出版。三月至四月周游台湾,收藏大量蕃布。十月,工艺选书《木喰上人的雕刻》《诸国茶壶》出版。新版《信与美》刊行。
1944年	55岁	私版《和纸之美》刊行。
1945年	56岁	三月,战争酷苛,日本民艺馆临时闭馆。九月,大病。十二月,民艺馆再度开馆。
1947年	58岁	一月,《工艺》复刊,出第一百一十五期。三月,因占领军接收,民艺馆曾一度闭馆,斡旋十余日后四月一日再开。七月至八月,与铃木大拙博士一同前往北陆旅行演讲。十二月十日皇太后出行。小册子《民艺馆指南》由民艺馆出版发行。
1948年	59岁	三月,受铃木大拙博士依托,任松冈文库理事长。七月至八月,居于越中城端别院。十一月,在京都相国寺举行日本民艺协会第二届全国协议会。于靖文社刊行《民与美》上下两卷。

1949年	60岁	三月二十一日,花甲纪念出版《美之法门》。
1950年	61岁	九月,于京都大谷出版社刊行《妙好人因幡之源左》。
1951年	62岁	杂志《大法轮》第八期发表第一篇《南无阿弥陀佛》,此后连载二十一期。
1952年	63岁	五月三十日,与志贺直哉、浜田庄司一同作为文化使节,由《每日新闻》社派遣至欧洲。
1953年	64岁	寄稿一篇《利休与我》至春秋社所发行的《茶——我的看法》。
1955年	66岁	六月,杂志《心》发表《奇数之美》。十月,于大法轮阁出版《南无阿弥陀佛》。杂志《在家佛教》发表《物与法（上）》。尝试举行第一次茶会。
1956年	67岁	一月,杂志《在家佛教》发表《物与法（下）》,在归一协会刊行的《归一》上发表《寂之美》。三月,监修杂志《民艺》的三月号《茶道特辑》。举行第二次茶会。八月,将所有收藏品都收归仓库。九月,杂志《心》发表《古代丹波之美》。私版《丹波古陶》出版。十月,民艺馆举行二十周年纪念特展《丹波古陶展》。十二月,试开一次咖

		啡洋茶会。十二月十七日,病倒入院。
1957年	68岁	重病中。一月,杂志《在家佛教》发表《茶之功罪(上)》。三月,杂志《禅文化》发表《井户与乐烧》。七月,病体稍有康复,重新开始执笔。八月,小册子《浴》登载《一遍上人与显意上人》。十月,私版《无有好丑之愿》出版。十一月,获文化功劳奖。十二月,杂志《心》发表《日本之眼》。
1958年	69岁	一月,杂志《心》发表《光悦与浜田》。英文杂志《亚洲场景》与杂志《随笔》发表《瑕疵之美》。在杂志《大法轮》上发表《佛教美学的悲愿(之三)》。疗养中继续笔耕不辍。六月,所有著作权全部转让给日本民艺馆。七月,《栋方志功版画》《民艺四十年》刊行。十月,日本民艺馆举行"日本新选茶器展"。《茶之改革》刊行。
1959年	70岁	三月,日本民艺馆举行"古丹波展"。五月,《心偈》刊行。
1960年	71岁	一月,获朝日文化奖。《民艺图鉴(一)》刊行。岩波电影制作《相伴民艺五十年》。开始刊行《柳宗悦宗教选集》。三月,《美之净土》刊行。四

		月,《大津绘图录》刊行。七月,在馆内迎接皇太子及皇太妃殿下。
1961年	72岁	一月,《民艺图鉴(二)》刊行。三月,《法与美》刊行。四月,《船橱》刊行。同月二十九日旧病复发,进入昏睡状态。五月三日过世。五月七日,日本民艺馆葬礼。法名不生院释宗悦。葬于小平陵园。

信乐茶壶

赤绘钵
高13.3cm　直径13.3cm　江西省景德镇　明末

瓷盒

高3.9cm　直径5.1cm　李朝(19世纪)

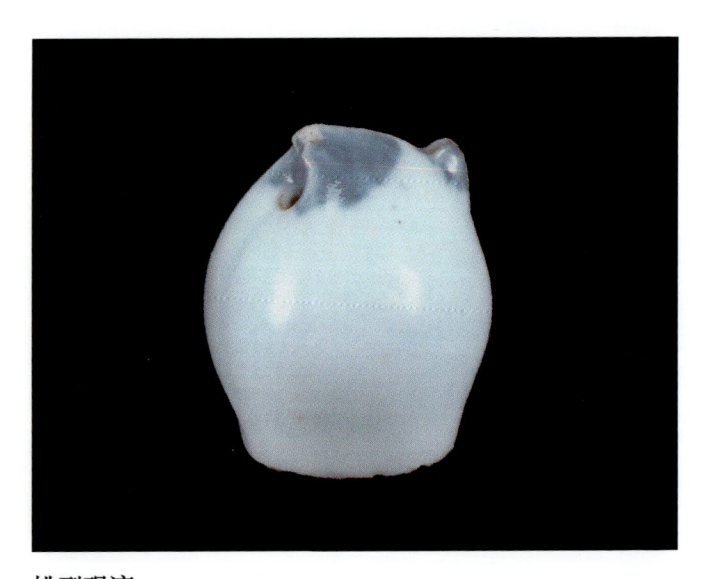

桃型砚滴

高3.5cm　直径3cm　李朝(19世纪)

兔型砚滴

高 7cm　　长 13cm　　宽 6.3cm　　李朝(19世纪)

蛙型砚滴

高 4.6cm　　长 7cm　　宽 5.5cm　　李朝(19世纪)

大津绘　鬼念佛
高59cm　纸本着色
江户时代(18世纪)

大津绘　鬼弹三昧线
高62cm　纸本着色
江户时代(18世纪)

大津绘　鬼之行水
高63cm　纸本着色
江户时代(18世纪)

大津绘　长刀弁庆
高63cm　纸本着色
江户时代(18世纪)

宋拓梁武事佛碑

高165.6cm　宽77cm　原刻时间为六朝·梁(6世纪)

宋拓梁武事佛碑

高165.6cm　宽77cm　原刻时间为六朝·梁(6世纪)

曾我物语屏风

长170cm 六曲半双 江户时代(18世纪)

屏风

家纹带盖汤釜

高25cm　直径19cm　铁制　江户时代

鬼面汤釜

高19cm　直径28cm　铁制

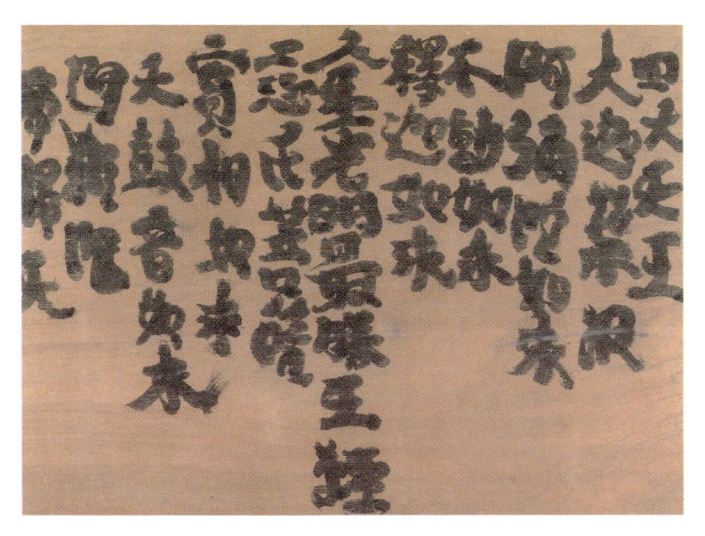

行者墨迹

长108cm 昭和时代（1949年左右）

丹波瓷

真實信心ウル上ヘ二
スナハチ定聚ニイリヌレハ
補處ノ弥勒ニオナシクテ
无上覺ヲサトルナリ

歸命无量壽如來
南无不可思議光
法藏菩薩因位時
在世自在王佛所

色纸和赞（局部）
室町时代

真心徹到スルヒトハ

金剛心ナリケレハ

三品ノ懺悔スルヒトヽ

ヒトシト宗師ハノタマヘリ

浄土和讃

色紙和贊（局部）

室町时代

丹波布（局部）
明治时代

黄底飞白纹(局部) 19世纪

红型(局部) 冲绳(19世纪)

红型(局部)

冲绳(19世纪)